와룡봉추
임영기 新무협 판타지 소설
FANTASTIC ORIENTAL HEROES

와룡봉추 9

임영기 新무협 판타지 소설

초판 1쇄 찍은 날 § 2019년 8월 7일
초판 1쇄 펴낸 날 § 2019년 8월 14일

지은이 § 임영기
펴낸이 § 서경석

총괄팀장 § 노종아
편집책임 § 김경민

펴낸곳 § 도서출판 청어람
등록번호 § 제387-1999-000006호
등록일자 § 1999. 5. 31
어람번호 § 제2-2804호

주소 § 경기도 부천시 부일로 483번길 40 서경B/D 3F (우) 14640
전화 § 032-656-4452 팩스 § 032-656-4453
http://www.chungeoram.com
E-mail § chungeorambook@daum.net

ISBN 979-11-04-92036-3 04810
ISBN 979-11-04-91921-3 (세트)

9

와룡봉추

임영기 新무협 판타지 소설

FANTASTIC ORIENTAL HEROES

臥龍鳳雛
와룡봉추

目次

第一章
취중대결

"몇 살이냐?"

화운룡이 불쑥 묻자 소향대수는 가볍게 흠칫했다.

화운룡이 아무리 소향대수의 주인인 원종의 주인이라고 해도 초면에 대뜸 종을 대하듯 하대를 하는 것은 예의에 어긋나지만, 그녀는 전혀 개의치 않고 공손히 고개를 조아렸다.

"사십삼 세입니다."

문득 소향대수는 화운룡의 입가에 부드러운 미소가 떠오르는 것을 보고 이상한 생각이 들었다.

그런 미소는 아주 오래전부터 익히 잘 알고 있는 사람이 짓는 미소이기 때문이다.

"반옥(班玉)."

그런데 화운룡의 입에서 방금 그 미소보다 더 온화한 목소리가 흘러나왔다.

"……."

소향대수 반옥은 크게 놀라는 표정으로 화운룡을 바라보았다.

맹세코 이날까지 그녀의 본명을 알고 있는 사람은 대륙상단 내에서 단 두 명, 동생들뿐이다. 심지어 원종조차도 그녀의 이름을 모른다.

그녀와 아주 가까운 소수의 최측근들은 그녀의 이름이 '소향'이라고만 알고 있다. 그래서 사람들이 '소향대수'라는 별호를 붙여준 것이다.

그렇지만 사실 '소향'은 죽은 그녀 어머니의 이름이었다. 그녀는 어머니를 몹시 존경하고 사랑했기에 어머니의 이름이 널리 알려지기를 원했다.

반옥은 화운룡이 자신의 이름을 불러서 매우 놀랐지만 곧 평정심을 되찾았으며 대륙상단을 이끌어가는 총단주다운 노련함을 발휘했다.

노련함이란 별것 아니다. 이런 상황에서는 그저 아무 말도 하지 않으면 된다.

화운룡이 그녀의 이름을 불쑥 불렀다면 어떻게 해서 그것을 알고 있는지 그 자신이 곧 설명할 것이기 때문이다.

화운룡은 설마 원종을 통해서 반옥을 만나게 될 줄은 예상하지 못했다.

반옥은 기구한 사연이 있는 여자다. 그녀에게 어떤 사연이 있는지 원종은 물론이고 아무도 모르고 있다.

사십삼 세의 나이에도 무척이나 아름다운 용모의 소유자인 반옥은 아름다움보다는 몸에 흐르고 있는 우아함과 경건함이 더 돋보이는 여자다.

화운룡은 조용한 목소리로 말했다.

"내가 너를 어떻게 알고 있는지 궁금할 것이다."

"그렇습니다."

"대륙상단은 올해 안에 다른 이름으로 바뀔 것이다."

"그러겠지요."

대륙상단이 화운룡의 소유가 되고 나면 이름을 바꾸는 것이 당연한 일이다.

"네 예상은 틀렸다. 대륙상단은 내 것이 되지 못한다."

반옥은 무슨 말이냐는 듯한 얼굴로 그를 바라보았다.

"내 것이 되기 전에 다른 사람이 차지할 것이다."

"그런……."

반옥은 '말도 안 되는 소리'라는 뒷말을 삼켰다. 화운룡이 헛소리를 하고 있지만 뭔가 이유가 있을 것이라고 생각하기 때문이다.

그녀는 여기에 오기 전에 화운룡에 대해서 조사를 했다. 상단의 정보망이라고 하는 것은 무림하고는 또 달라서 더욱 신속하고 상세하기에, 그녀가 명령하고 며칠 만에 화운룡에 대한 일목요연한 보고서가 그녀 앞에 놓였다.

보고서를 읽은 반옥은 몹시 놀랐다. 그런 보고서를 받아본 것이 몇십 년 만인지 모른다. 보고서에는 화운룡에 대해서 지나칠 정도로 상세한 내용들이 기록되어 있었으며, 마지막에는 한 단어로 화운룡을 요약했다.

〈화운룡은 와룡입니다.〉

그래서 반옥은 기대에 차서 화운룡을 만나러 왔으며, 지금 그가 헛소리를 하더라도 인내하면서 듣고 있는 것이다.

화운룡은 차를 한 모금 마셨다.

"지금부터 내가 잠시 말도 안 되는 소리를 할 테니까 너는 듣기만 해라."

"그러겠습니다."

반옥은 차분하게 대답했다. 그녀는 이제부터 화운룡이 왜 말도 안 되는 소리를 하는 건지 설명해 줄 것이라고 예상했다.

화운룡은 지금으로부터 십오 년 후에 만나게 될 반옥에 대한 기억을 떠올려서 잠시 정리하고 난 다음에 말문을 열었다.

"올해 늦겨울에 너는 동생들이 꾸며놓은 음모에 빠지게 된다. 너는 동생들이 독을 탄 차를 마시고 온몸이 짓무르며 썩어가는 증상을 보이게 되는데, 동생들은 너를 은밀한 장소에 가두고 대륙상단을 차지한다. 그런 이유로 너는 대륙상단을 내게 넘겨주지 못하는 것이다."

반옥은 화운룡이 와룡이라는 보고서의 내용이 잘못된 것이 아닌가 하는 생각이 들었다.

그렇지만 반옥은 이 대목에서부터 조금씩 놀라게 된다.

"너는 동생들에 의해서 부모가 살고 있는 효산현(孝山縣) 상남장(相南莊) 별채 지하실에 감금되었지만 너의 부모는 물론이고 하인이나 하녀들조차 너의 존재를 전혀 몰랐다. 너조차도 거기가 상남장이라는 사실을 알지 못했지. 다만 동생들의 명령을 받고 너를 돌보는 강문(姜文)이라는 하인이 너의 존재를 알고 있을 뿐이었다."

"어떻게……."

반옥의 부모는 실제로 현재 산동성 효산현 상남장이라는 곳에서 살고 있다.

그녀는 화운룡이 그것을 어떻게 아는지 의문이 일었으나 그가 듣기만 하라고 했기에 잠자코 있었다.

"청유(淸遊)와 송월(松月)은 대륙상단을 강탈하여 상단명을 풍우상단(風羽商團)으로 바꾸었다."

반옥은 크게 놀라서 벌떡 일어났다. 청유와 송월은 그녀의 배다른 두 동생이며 대륙상단 네 명의 단주 중에 두 명이다.

"청유와 송월은 너의 동생들이며 모친의 출신가인 하북 풍우장(風羽莊)의 이름을 따서 상단명을 지었다. 그들은 같은 단주인 두 명이 자신들에게 협조하지 않는다는 이유로 죽이고 그 자리에 자신들의 심복을 앉혔다."

반옥은 듣기만 하라는 화운룡의 말을 도저히 지킬 수가 없게 되었다.

"도대체 무슨 말씀을 하시는 겁니까? 그리고 제 동생들에 대해서, 아니, 저에 대해서 어떻게 아셨습니까?"

이것은 보고서에 화운룡이 와룡이라고 적힌 것과는 차원이 다른 일이다.

화운룡은 반옥이 자신의 말을 끊은 것을 꾸짖지 않았다. 누구라도 끊을 수밖에 없는 상황이며 그녀가 그럴 것이라고 예상하고 있었다.

반옥은 두 동생에 의해서 자신이 중독되어 현재 부모가 살고 있는 장원 지하실에 감금될 것이라든지, 대륙상단이 두 동생의 수중에 떨어져서 상단명을 풍우상단으로 바꾼다는 허무맹랑한 일 같은 것은 믿지 않았다.

그녀가 궁금하게 여기는 것은 화운룡이 어떻게 해서 그녀에 대해 이토록 자세히 알고 있느냐는 것이다.

그것은 뒷조사를 한다고 해서 알 수 있는 내용이 절대로 아니다. 그녀와 청유, 송월이 다른 어머니에게서 태어난 배다른 남매지간이라는 사실은 대륙상단 내에서도 그들 세 명 외에는 아무도 모르는 사실이다.

"왜 이러는 것입니까? 저한테 무얼 원합니까?"

그렇게 묻고 나서 반옥은 자신의 질문이 잘못됐다는 사실을 깨달았다.

중원 오대상단 중에 하나인 대륙상단을 두 손으로 바치러 온 반옥에게 화운룡이 사기를 칠 리가 없다.

그로서는 바치겠다는 대륙상단을 가만히 앉아서 그냥 넙죽 받으면 될 일이지 없는 일을 만들면서까지 괜히 꼬투리를 잡을 필요가 없다.

그러니까 그가 이렇게 하는 데에는 분명히 어떤 필유곡절이 있을 것이라는 게 방금 떠오른 반옥의 생각이다.

반옥은 절대로 평범한 사람이 아니다. 여자, 그것도 사십삼세의 나이에 대륙상단를 이끌어가는 총단주의 지위에 앉아 있다면 필경 타의 추종을 불허하는 두뇌와 수완, 경험을 갖고 있다는 얘기다.

그렇다면 화운룡이 이런 얘기를 하고 있는 것은 뭔가 근거가 있다는 뜻이다.

화운룡은 반옥이 총명할 것이라는 사실을 믿고 솔직하게 말했다.

"나는 미래에서 왔다. 그래서 너와 대륙상단의 미래에 대해서 잘 알고 있다."

"……."

지금까지의 경우로 봤을 때 화운룡이 이런 식으로 말하면 다들 한 가지 공통된 표정을 지었으며, 지금 반옥도 같은 표정을 지었다.

"내가 왜 이런 말을 한다고 생각하느냐? 농담을 하거나 너를 기만해서 뭔가 이득을 보려는 것 같으냐?"

"아니라고 생각합니다."

화운룡은 천하제일인 무황성주였다. 그것은 그가 천하의 굵직한 인물들은 거의 대부분 다 알고 있다는 뜻이다.

그것은 또한, 지금 두 번째 인생을 사는 동안에 마주치게 될 내로라하는 명성의 수많은 사람들을 거의 다 알고 있을 것이라는 의미도 된다.

그러므로 그가 대륙상단 총단주인 소향대수 반옥하고도 얽혀 있는 것은 결코 이상한 일이 아니다.

그리고 앞으로도 이런 일들은 비일비재하게 일어날 것이다.

하지만 총명한 반옥으로서도 '미래에서 왔다'는 화운룡의 말을 무조건 믿는 것은 큰 무리가 따랐다.

"우리는 지금부터 십오 년 후에 만나게 되는데 너는 나를 만난 지 보름 만에 죽게 된다. 그 당시의 나는 의술이 제법 뛰어난 편인데도 중독된 지 십오 년이나 지나서 겨우 숨만 붙어 있는 너를 살려내지 못했다."

화운룡은 감정을 싣지 않고 담담히 말했다.

"그때 죽기 전의 너는 네가 겪을 일들과 너와 대륙상단에 대한 모든 것들을 나에게 말해주었고, 나는 그 일을 조사해서 일의 전말을 자세히 알게 되었다. 또한 너의 뜻대로 두 동생과 그들의 심복들을 모두 죽여서 풍우상단을 원래대로 대륙상단으로 환원시켰으며 네 아버지 반종현(班宗顯)이 죽을 때까지 돌봐주었다."

그의 말은 꽤나 앞뒤가 맞고 또 설득력이 있어서 반옥은 조금쯤은 그의 설명에 빠져들었다. 하지만 그녀의 자랑인 냉정함을 잃지는 않았다.

"저와 만날 때 당신은 누구였습니까?"

"나는 무적검신이고 그 당시에는 천하일통의 야망을 품고 있었다."

"천하일통을 이루셨습니까?"

"그렇다."

"아……."

반옥은 무림에 대해서 많이 알고 있다고 자부하지만 무적검신이라는 별호를 들어본 적은 없다.

그리고 과거에도, 그리고 현재에도 누군가 천하일통을 이루었다는 말도 들어보지 못했다.

그런데 눈앞에 앉아 있는 약관의 청년이 천하무림의 일통이라는 대위업을 달성했다는 것이다. 처음부터 끝까지 허무맹랑한 얘기뿐인데 도대체 이것을 믿어야 하는지 말아야 하는지 분간이 서지 않았다.

화운룡은 쉬운 방법 즉, 심심상인을 두고 얘기를 길게 끌고 싶지가 않았다.

"반옥아."

"말씀하세요."

"나하고 너의 기억은 보름뿐이다. 그것을 너에게 되살려 줄 수 있는 방법이 있는데 내 말에 따르겠느냐?"

반옥은 자신이 십오 년 후에 화운룡을 만나서 보름 동안 살아 있다가 죽었다는데 그 기억을 어떻게 자신에게 되살려 줄 수 있는지 이해할 수 없다는 표정을 지었다.

"세상에는 이해하기 어려운 일들이 많다."

그의 말대로 세상에는 이해할 수 있는 일보다 이해하지 못할 일들이 훨씬 더 많다는 사실을 반옥은 잘 알고 있다. 어쩌면 지금 화운룡이 말하고 있는 것도 이해하지 못할 범주에 속한 것일 게다.

그녀는 조심스럽게 물었다.

“그러자면 제가 어떤 대가를 치러야 합니까?”

“그저 내게 안기면 된다.”

“그게 무슨…….”

“심심상인이라는 방법이 있다. 우리 두 사람의 가슴을 맞대면 너의 기억이 살아날 것이다.”

“하아…….”

“내 기억이 너에게로 고스란히 전해질 것이다. 어떤 원리냐고 묻는다면 나도 할 말이 없다. 그 오묘한 이치를 나도 모르기 때문이다.”

반옥의 얼굴에 슬쩍 어이없다는 표정이 떠올랐다. 그렇지만 저렇게 준수한 청년이 사십 세가 넘은 그녀를 안고 싶어서 희롱하려는 것 같지는 않다는 생각이 들었다.

반옥은 화운룡의 말을 액면 그대로 믿어보기로 했다. 일단 한 번 안겨보고 나서 안 되더라도 그녀로서는 전혀 손해 볼 것이 없다.

반옥이 일어섰다.

“어떻게 하면 됩니까?”

“이리 와라.”

화운룡은 의자를 바깥으로 빼서 앉고 팔을 벌렸다.

“나와 마주 보고 앞에 앉아라.”

반옥은 지금껏 홀몸이다. 남자를 알기는 하지만 혼인을 한 적은 없었다.

그렇기에 남자와 마주 보고 앉는 행위는 어색할 수밖에 없다.

화운룡과 심심상인으로 미래의 기억을 되찾은 여자들이 쭈뼛거렸듯이 반옥 역시 그의 앞으로 다가와서도 어떻게 해야 할지 몰라서 머뭇거렸다.

슥!

“아…….”

화운룡이 두 손을 뻗어 그녀의 양쪽 허리를 잡고 앞으로 끌어당겨 앞에 앉혔다.

그러고는 깜짝 놀라고 당황하는 반옥의 등을 잡고 앞으로 바짝 끌어당겨 품에 안았다.

반옥은 놀랐으나 이미 예상하고 있었던 일이라 화운룡의 어깨에 뺨을 대고 감정을 억제하려고 애쓰면서 떨리는 목소리로 말했다.

“저는 어떻게 하고 있어야 합니까?”

심심상인을 하는데 남녀가 무엇을 해야지만 좋다는 것은 아직껏 없었다.

하지만 화운룡은 그래도 심심상인이 마음과 마음이 통하

는 것이니까 되도록 그쪽 방면의 생각을 하고 있으면 도움이 되지 않을까 생각했다.

"마음을 편안하게 먹고 내가 주려고 하는 기억을 받아들이겠다는 생각을 해봐."

잠시 후에 반옥이 속삭였다.

"됐습니다."

화운룡은 그녀를 자신의 몸속에 욱여넣으려는 것처럼 힘껏 끌어안으며 그녀를 처음 만났을 때의 생각을 떠올렸다.

열 호흡 정도 그렇게 하고 있었지만 반옥은 아무런 반응도 보이지 않았다.

'실패인가?'

하기야 어떻게 해서 심심상인이라는 것이 가능한지 원리도 모르고 어째서 여자만 되는 것인지 이유조차 모르는데, 가슴에 안는 여자마다 다 심심상인이 된다고 장담할 수도 없다.

한 번 안아서 안 되는데 두 번 세 번 거듭하는 것은 화운룡의 성격에 맞지 않는 일이다.

그가 반옥을 가만히 떼어내려고 하는데 문득 그녀가 부르르 세차게 몸을 떨었다.

그러더니 그의 어깨에 뺨을 묻은 채 중얼거렸다.

"이건가요? 저의 모습이……."

화운룡은 빙그레 미소 지었다.

"그렇다. 그게 네 모습이다."

심심상인이 성공했다.

*　　　*　　　*

반옥은 화운룡이 자신에게 어떤 사술 같은 것을 사용하지는 않았을 것이라고 믿었다.

그렇게 생각할 수가 없다. 그러기에는 지금 그녀의 머릿속과 가슴속에 가득 들어차 있는 수많은 기억들과 복잡한 감정들이 너무도 생생했다.

반옥이 기억해 낸 미래의 반옥은 온몸이 썩고 짓무름이 극에 달해서 형체를 알아볼 수 없는 모습으로 창문도 없는 지하실 바닥에 누워 있었다.

십오 년 동안이나 그곳에 방치되어 있었던 그녀는 정신이 극도로 흐릿해져서 자신이 누구이며 왜 그곳에 누워 있는 것인지도 자각하지 못했다.

다만 자신이 곧 죽을 것이라는 사실만 아련하게 느끼고 있을 뿐이었다.

그때 갑자기 아주 따스한 기운이 그녀의 몸속으로 스며들어 오더니 정신이 아주 맑아졌다.

그러고는 한 사람이 자신을 안고 있다는 사실을 깨달았다.

"더러워요……."

그의 품에 안겨서 그녀가 최초로 한 말이었다. 자신의 썩고 짓무른 몸이 더러우니까 안고 있으면 누군지 모를 상대의 옷과 몸이 더러워질 것이라는 염려였다. 그런 상황에서도 그녀는 다른 사람을 배려했다.

"괜찮소."

그 사람이 굵고 맑은 목소리로 말하자 반옥은 두 번째 말을 했다.

"누구시죠?"

조금 전까지만 해도 자신이 누군지조차 인식하지 못했던 그녀의 머릿속은 맑은 가을하늘처럼 청명했다. 낯선 사람이 맑은 진기를 주입했기 때문이다.

썩어서 고름이 흐르고 짓무른 그녀의 몸을 안고 있는 사람이 온화하게 말했다.

"나는 화운룡이오."

반옥은 고개를 들고 화운룡을 올려다보더니 다시 그의 가슴에 얼굴을 묻고 두 팔로 그를 힘껏 끌어안으며 어린아이처럼 울음을 터뜨렸다.

"와아앙!"

다 생각났다. 정말이지 너무도 신기하게 기억하지 않아도 될 아주 작은 일까지도 생생하게 기억이 났다.

자신을 죽음보다 더한 끔찍한 형벌에서 구해준 사람이 지금 자신을 안고 있는 화운룡이라는 사실과 그가 그녀를 살리려고 얼마나 노력했었는지도 말이다.

그뿐만이 아니라 자신의 두 동생이 배신을 하여 그녀가 마실 차에 독을 탔다는 것, 이후에 그녀를 협박해서 그녀가 지니고 있었으며 그녀만이 할 수 있는 대륙상단의 모든 권한을 동생들에게 넘길 수밖에 없었던 일들이 바로 어제 일처럼 또렷하게 생각났다.

"흐어엉!"

사심삼 세 반옥은 화운룡을 더욱 깊이 끌어안으면서 품속으로 파고들며 큰 소리로 울었다.

운룡재 서재에는 화운룡과 반옥, 그리고 장하문과 보진이 탁자에 앉아 있다.

"하룡의 도움을 받도록 해라."

"네, 주인님."

맞은편에 앉아 있는 반옥은 아까 처음 봤을 때의 엄숙하고 경직된 모습하고는 사뭇 다른 온화하고 풋풋한 표정으로 공손히 고개를 숙이고 나서, 화운룡을 바라보며 무한한 신뢰의 표정을 지었다.

화운룡은 방금 반옥이 두 동생의 반란을 정리하는 데 장하문의 도움을 받도록 지시했다.

"정리를 하고 나면 대륙상단은 옥이 네가 총단주를 계속 맡아 여태까지처럼 운영하도록 해라."

"네, 주인님."

그녀는 조심스럽게 말했다.

"주인님, 청이 있습니다."

"나도 청이 있다."

"먼저 말씀하십시오."

"너는 내 종이 아니니까 나를 주인님이라고 부르지 마라."

반옥은 불길함에 움찔했다. 방금 화운룡의 말을 '너는 내 가족이 아니다'라고 해석한 것이다.

"그럼 뭐라고 부릅니까?"

가느다란 줄에 매달린 심장이 끊어질 듯 흔들거리는 것을 느끼면서 조심조심 물었다.

"뭐가 좋겠나?"

화운룡이 장하문에게 묻자 반옥은 그를 쳐다보다가 갑자기 움찔했다.

"아… 하룡."

그녀는 십오 년 후 화운룡을 처음 만나서 죽기 직전까지 보름 동안 같이 지냈는데 그곳에는 장하문도 있었다는 사실을 방금 기억해 냈다.

“나를 아오?”

장하문이 설마 하는 얼굴로 묻자 반옥은 환하게 웃었다.

“매일 밤마다 백진정이라는 여자를 그리워하는 괴로움 때문에 술을 마시지 않으면 견디지 못하고, 그러다가 취하면 주인님 품에 안겨 아이처럼 징징 울면서 하소연하던 그 하룡이 당신 맞죠?”

“어…….”

장하문은 일순 멍한 표정을 지었다. 화운룡이 심심상인으로 미래의 기억을 되찾아준 여자들마다 장하문을 그런 남자로 기억하고 있었다.

백진정이 그리워서 맨날 술에 취해 화운룡 품에 안겨서 징징 우는 못난 사내로 말이다.

그 당시의 반옥은 화운룡과 장하문이 임시로 머물던 장원으로 옮겨져서 치료를 받고 있었으며, 그때 화운룡을 그림자처럼 따라다니는 장하문을 보았다.

반옥은 배시시 미소 지었다.

“술에 취한 당신이 마치 큰형한테 안긴 것처럼 징징 울면서 위로받던 모습이 얼마나 귀엽던지…….”

“귀… 귀여……..”

장하문은 얼굴이 확 달아올랐다.

반옥은 장하문에게 살포시 미소를 날렸다.

"우린 구면이니까 선처해 주세요."

조금 전에 반옥이 그를 부르는 호칭에 대해서 화운룡이 장하문에게 물었는데, 그것이 반옥의 처우를 어떻게 했으면 좋겠느냐고 군사에게 하문한 것이라 해석한 것이다.

장하문은 빙그레 미소 지었다.

"황룡(黃龍)이 좋겠습니다."

화운룡은 뜻밖이라는 표정을 지었다.

"음? 용신으로 하자는 건가?"

장하문은 반옥을 보며 대답했다.

"그녀는 백무신의 한 명입니다."

화운룡은 뜻밖이라는 표정을 지었다.

"오… 그런가?"

백무신의 한 명이라면 같은 백무신인 신풍개와 혜성신니 정도의 무공 실력은 갖췄을 것이다.

장하문이 화운룡에게 넌지시 권했다.

"주군께서 총단주의 생사현관을 타통해 주신다면 용신들 중에서도 상급에 속할 것입니다."

"이봐, 하룡."

장하문이 생사현관 타통을 마치 약방의 감초처럼 대수롭지 않게 언급하자 화운룡은 심기가 언짢아졌다.

생사현관 타통이란 무림인들에게는 평생의 소원인데 장하문은 화운룡이 코를 풀듯이 간단하게 이루는 것처럼 말하고 있지 않은가.

장하문이 반옥에게 언질을 주었다.

“여보시오. 어서 주군께 부탁드리지 않고 어째서 가만히 있는 것이오?”

깜짝 놀란 반옥은 구체적인 내용도 잘 모르면서 단지 화운룡이 생사현관을 타통해 준다는 사실에 일단 무조건 매달려 보기로 했다.

“주인님, 천첩이 술을 거하게 낼 테니까 천첩의 생사현관을 타통해 주세요.”

화운룡이 생사현관을 타통해 주자 반옥은 약속대로 한턱 거하게 술상을 차렸다.

그녀는 비룡은월문 성 밖에서 모든 재료를 들여와서 자신이 직접 운룡재 주방에 들어가 진두지휘하여 수십 가지의 요리들을 만들었다.

연회장인 옥봉루 삼 층에는 화운룡을 비롯한 십오룡신과 호법신 명림, 그리고 신풍개 일행이 모였다.

손님으로 용황락 빈객전에 머물고 있는 신풍개 일행을 내버려 두고 자신들끼리만 먹고 마시기가 불편해서 화운룡이 그들을 부른 것이다.

신풍개 일행은 화운룡과 장하문, 명림, 보진을 제외하고는 용신들과 반옥을 지금 처음 본다.

화운룡과 장하문은 지금 술자리에서는 반옥과 대륙상단에 대해서는 한마디도 하지 않고 모두와 즐거운 대화를 나누면서 술을 마셨다.

아까 생사현관이 타통된 반옥은 공력이 백오십 년으로 급증되면서 한 가지 기현상이 일어났다.

사십삼 세의 그녀 외모가 이십오륙 세 정도로 보일 만큼 젊어진 것이다. 화운룡이 물어봤으나 그녀는 반로환동이나 주안술(朱顔術) 같은 것을 할 줄 모른다고 했다.

그래서 화운룡이 반옥을 진맥해 봤지만 체내에는 아무런 이상이 없었다.

어쨌든 반옥은 생사현관의 타통으로 원래 공력 팔십 년에서 백오십 년으로 공력이 급증했으며 젊음까지 덤으로 얻는 겹경사를 누렸다.

그래서인지 아까 화운룡은 그녀를 용신들에게 소개할 때 나중에 자연스럽게 알려질지언정 일부러 그녀의 나이를 밝히지 않았다.

신풍개 일행은 용황락 내에 머물고는 있었지만 빈객전 내에 있는 연무장에서 무공 연마를 하거나 이따금 밖으로 나와

호숫가를 산책하는 정도였을 뿐 운룡재 사람들하고의 접촉은 일체 없었다.

신풍개와 혜성신니 등이 보니까 좌중의 두 사람 즉, 몽개와 창천을 제외하고는 하나같이 이십 대의 젊은 사람들인 데다 절반 이상이 여자라서 적잖이 실망하는 표정이다.

왜냐하면 아까 장하문이 이들을 화운룡의 최측근인 '용신'이라고 소개했기 때문이다.

용신들은 주군인 화운룡과 함께 술을 마실 때에도 언제나 격의 없이 신나게 노는 것이 습관처럼 몸에 배서, 큰 소리로 떠들거나 웃고 심지어 노래를 부르는 바람에 좌중이 떠나갈 듯이 시끄러웠다.

오늘 새로 용신의 황룡이 된 반옥은 용신들의 그런 행동을 보고는 화운룡의 후덕하고 소탈한 성품을 미루어 짐작했다. 수하들의 행동을 보면 상전이 어떤 사람인지 알 수 있다.

그렇지만 똑같은 상황을 보고서도 신풍개는 위계질서가 무너졌음에 내심 혀를 차며 개탄했다.

주홍이 도도해지자 저희들끼리 떠들고 놀던 용신들의 화살이 화운룡에게 향했다.

숙빈이 일어나서 깔깔거리며 화운룡에게 외치듯이 말했다.

"오라버니! 노래 한 곡 하세요!"

숙빈은 술이 취하면 곧잘 예전처럼 화운룡을 '오라버니'라고 부른다.

아무리 철이 없기로서니 수하가 주군더러 '오라버니'라고 부르자 신풍개는 눈살을 찌푸렸다.

그런데 용신들은 아예 한술 더 떠서 손바닥과 젓가락으로 탁자를 두드리면서 합창을 했다.

탕탕탕! 탕탕탕!

"노래하세요! 노래하세요!"

상황이 이 지경에 이르자 신풍개는 물론이고 지금껏 별다른 거부감을 느끼지 못했던 혜성신니와 혜정신니마저도 난감한 표정을 지었다.

그들은 이번만큼은 화운룡이, 아니면 장하문이라도 나서서 수하들을 따끔하게 혼낼 것이라고 예상했다. 그래야지만 제대로 된 문파다. 만약 그러지 않는다면 이거야말로 콩가루 문파라고 단정했다.

탕! 탕! 탕!

그때 화운룡이 손바닥으로 탁자를 세 차례 두드리며 엄숙한 얼굴로 외쳤다.

"그만해라!"

신풍개 등은 '드디어!' 하는 표정으로 화운룡을 쳐다보았다.

슥—

화운룡은 벌떡 일어서더니 기세 좋게 외쳤다.

"노래하면 되잖느냐! 노래! 엉?"

"와아아!"

화운룡이 한바탕 호되게 꾸짖을 줄 알았던 신풍개 등은 '어어?' 하며 바보 같은 표정을 지었다.

그들이 그러거나 말거나 화운룡은 어깨춤을 추면서 신나게 노래를 부르고, 용신들은 추임새를 넣으면서 손바닥과 젓가락으로 탁자를 두드리며 흥을 돋우었다.

신풍개가 보기에 그 주군에 그 수하들인 것 같아서 도저히 자리에 앉아 있을 수가 없었다.

하지만 화운룡이 노래를 부르는 도중에 나가는 것은 예의가 아닌 것 같아서 참을성 있게 기다렸다가 그의 노래가 끝나자마자 벌떡 일어나 포권을 했다.

"나는 피곤해서 그만 쉬어야겠소."

그러면서 신풍개는 화운룡이나 장하문이 말리면 그때를 빌어서 넌지시 충고를 하려고 했다.

"오! 그렇소? 피곤하면 쉬어야지."

그런데 화운룡은 잡기는커녕 잘 가라는 듯 손을 까딱거리고 나서는, 이번에는 자기 스스로 수하들에게 한 곡 더 부르겠다고 어깨를 들썩거렸다.

무시를 당했다고 판단한 신풍개는 더 참지 못하고 묵직한 목소리로 일갈했다.

"화 문주! 체통을 지키시오!"

"어?"

신풍개의 목소리가 워낙 커서 왁자지껄하던 좌중이 찬물을 끼얹은 것처럼 조용해졌다.

신풍개는 자신이 지나쳤나 싶었지만 이왕 내친김에 하고 싶은 말을 하기로 했다.

"이렇게 오합지졸처럼 기강이 어지러워서야 어찌 황산파를 상대로 싸울 수 있겠소?"

화운룡은 눈을 껌뻑거렸다.

"황산파하고 싸우는 것과 오합지졸처럼 노는 것하고 무슨 상관이 있소?"

"하나를 보면 열을 안다고 했소. 화 문주의 최측근이라는 사람들이 모두 젊은 데다 여자가 절반이 넘고, 손님들이 있는 연회에서도 위아래를 몰라보고 시정잡배들처럼 어지럽게 놀고 있으니, 모르긴 해도 이런 사람들이 황산파를 대면하게 되면 꽁무니를 빼지 않겠소?"

이 정도가 되면 화를 낼 만도 한데 화운룡은 외려 웃으면서 손을 저었다.

"하하하! 나는 이들이 꽁무니를 뺄 거라고 생각하지 않소."

"하지만 이들이 수상수하 없이 노는 꼬락서니를 보면……."

"그만하시오! 방주!"

그때 몽개가 은은하게 호통을 치면서 나섰다. 듣고 있자니까 신풍개가 하늘같은 주군에게 하는 태도를 도저히 가만히 보고 있을 수가 없었다.

第二章

일초식의 위력

"지금 나한테 소리를 질렀나?"

몽개는 엄숙한 얼굴로 말했다.

"방주, 옛정을 생각해서 충고하는 것이오. 더 이상 주군께 무례를 범하면 참지 않겠소."

신풍개는 어이없음을 넘어서 화가 치밀었다. 개방을 떠났다고 해도 그에게 몽개는 여전히 사제이며 수하다.

"자네가 감히……."

"나뿐만이 아니라 여기에 있는 모두에게 주군은 하늘보다 높으신 분이오. 또한 지금껏 주군께 방주처럼 결례를 범한 무지렁이는 없었소이다."

"무지렁이?"

그래도 몽개는 얼마 전까지 자신이 모시던 개방 방주이며 사형이라서 많이 참고 있는 것이다. 다른 사람 같았으면 벌써 검이 튀어나갔을 것이다.

총명한 장하문이 사태를 수습하기 위해서 나섰다.

"주룡, 그만하게. 모두 앉아라."

장하문의 말 한마디에 모두들 우르르 자리에 앉았고 화운룡도 예외가 아니다.

좌중이 언제 방금 전까지 시장 한복판처럼 시끄러웠냐는 듯 조용해졌기에 신풍개와 혜성신니 등은 조금 뜨악한 표정을 지었다.

장하문이 신풍개에게 말했다.

"방주께서 우리를 오합지졸이라고 폄하하시니, 그렇다면 우리가 오합지졸이 아니라는 사실을 증명해야겠군요."

신풍개는 어떻게 그러겠느냐는 듯 팔짱을 꼈다.

장하문은 청수한 유생의 모습처럼 말하는 모습도 너무나 여유가 있다.

"방주께서 우리들 중에 아무나 한 명을 지목하고 그가 삼초식 안에 방주를 제압하지 못하면 우리 모두 무릎을 꿇고 방주께 사죄하겠소."

"……"

신풍개 등은 분명히 자신이 잘못 들은 것이라고 생각했다. 여북하면 신풍개는 대꾸도 하지 못했다.

그는 여기에 있는 사람들 중에서 자신의 무공이 가장 고강하다고 확신했다.

그런데 장하문의 말을 듣고는 이게 진담인지 농담을 하는 것인지 분간이 되지 않았다.

그런데 장하문이 한술 더 떠서 화운룡에게 양해를 구했다.

"주군께서 동의하시겠습니까?"

화운룡은 당한지가 따라주는 술을 받으면서 선선히 고개를 끄떡였다.

"그러지. 우리가 패하면 나도 방주께 무릎을 꿇고 백배사죄를 드리겠네."

화운룡까지 나서서 이러면 이건 농담이 아니라는 얘기다.

신풍개는 진지한 표정으로 장하문에게 말했다.

"지금이라도 늦지 않았으니 철회해도 되오."

그는 자신이 손님으로 찾아왔기에 주인의 체면을 살려주려는 것이다.

장하문은 빙그레 미소 지었다.

"만약 방주께서 삼초식 안에 패하시면 어쩌시겠소?"

그는 그렇게 말함으로써 신풍개의 제안을 일거에 거절했다.

얘기가 이렇게 되면 철회가 아니라 이젠 빼지도 박지도 못하는 상황이 돼버린다.

신풍개는 모두들 자신을 주시하고 있는 이유를 알지 못하다가 방금 장하문이 했던 말을 뒤늦게 떠올렸다.

"음! 내가 패하면 무릎을 꿇고 내 실언을 사죄하겠소."

그렇게 말했지만 신풍개는 절대로 그런 일은 벌어지지 않을 것이라고 확신했다.

개방 방주이며 백무신의 한 명인 자신이 이런 오합지졸들 중 한 명에게 삼초식 만에 패하다니 열흘 삶은 호박에 이빨도 들어가지 않을 헛소리다.

어쨌든 웃자고 한 얘기가 이젠 돌이킬 수 없게 돼버렸다.

패하게 되는 쪽이 어느 쪽이라도 무릎을 꿇고 사죄를 해야 하는 막중한 내기가 돼버렸으니 이거야말로 사생결단을 내야 할 일이다.

신풍개도 바보가 아닌 이상 분위기가 심상치 않게 돌아가고 있음을 느꼈다.

그는 혹시 화운룡의 최측근들이 굉장한 절정고수가 아닐까 하는 의구심이 들어서 한 명씩 날카롭게 살폈다.

그러는 것은 평소의 그답지 않은 행동이지만 저쪽에서 강하게 나오니까 조금쯤은 긴장이 됐다.

또한 평소의 그는 매우 진중한 성격이라서 이런 불필요하고 소모적인 내기 따위는 하지 않지만 어쩌다 보니까 명예가 걸린 중대한 비무가 돼버렸다.

하지만 그가 아무리 예리하게 살펴봐도 자신의 상대가 될 만한 고수는 아무도 없다고 판단했다.

그는 조금 느긋해져서 조용한 목소리로 장하문에게 물었다.

"누가 나서겠소?"

장하문은 창천을 염두에 두고 있었다. 그가 삼십육 세로 몽개를 제외하곤 나이가 제일 많기 때문에 그가 나서면 신풍개를 무시했다는 말은 듣지 않을 것이다.

"제가 할게요!"

장하문이 손을 들어 창천을 가리키려는데 도토리만 한 화지연이 발딱 일어서며 종달새처럼 짹짹거리며 외쳤다.

용신들 중에서 가장 나이가 어린 화지연은 자신이 나서서 반드시 신풍개를 꺾어 코를 납작하게 만들어줘야겠다고 마음먹었다.

화지연만이 아니라 어린 용신들은 다들 똑같은 심정으로 장하문이 자신을 지목하기를 고대하고 있었다. 그런데 맹랑한 화지연이 지목하기도 전에 자신이 먼저 일어서며 자원할 줄은 아무도 예상하지 못했다.

장하문은 난감한 표정을 지었다. 화지연은 화운룡의 막내

여동생이라서 그가 함부로 대하지 못하기 때문이다.

그렇지만 화지연이 신풍개에게 질 것이라고는 생각하지 않았다. 오히려 가장 나이 어린 그녀가 이기면 신풍개가 개망신을 당할 것이라서 그게 걱정이다.

그러나 난감을 넘어서 극도로 어이없는 표정을 짓는 사람이 있었으니 바로 대결 당사자인 신풍개다.

그가 만약 이십 세에 장가를 갔다면 화지연보다 더 큰 딸이 있을 것이다.

그는 이게 비무가 아니라 이들이 아예 노골적으로 자신을 무시한다는 생각에 불쾌함을 넘어서 분노가 치밀었다.

그가 대결이고 뭐고 때려치우고 나가려는데 화운룡이 엄숙한 목소리로 화지연을 불렀다.

"연아."

"네, 주군."

화지연은 별처럼 반짝이는 눈빛으로 화운룡을 똘망똘망 바라보았다.

신풍개와 혜성신니 등은 화운룡이 화지연을 꾸짖을 것이라고 짐작했다. 지금 상황은 누가 봐도 그래야만 맞는 일이다.

화운룡은 화지연에게 진지한 얼굴로 충고했다.

"방주께 절대로 무례하게 굴지 말고 정중하게 싸워야 한다. 알았느냐?"

"네! 주군!"

병아리처럼 삐약삐약 대답하는 화지연을 보면서 신풍개는 심장이 목구멍 밖으로 튀어나올 정도로 기가 막혔다.

일이 이렇게 됐으니 물러설 수는 없다. 신풍개는 상대가 누구든지 일단 박살 내고서 이들의 후안무치함을 엄중하게 따질 생각이다.

일대일 대결을 위해서 일행이 모두 실내 연무장으로 자리를 옮겼다.

대결이 시작되기 전에 서로 양쪽에 모여 있을 때 혜성신니가 신풍개에게 전음을 했다.

[조심하세요.]

사실 신풍개도 어느 정도 긴장하고 있는 중이다. 화운룡이나 장하문은 개방 방주 신풍개가 어떤 인물이라는 것쯤은 잘 알고 있을 텐데, 그러면서도 측근 중에서 가장 어린 화지연을 대결자로 내세웠다.

상식적으로 보자면 화지연은 신풍개의 일초지적도 되지 못할 것이고, 대결을 벌이는 도중에 중상을 입을 수도 있다.

그런데도 저쪽에서는 화지연을 내보내는 데에도 염려하는 사람이 아무도 없고, 오히려 당연히 화지연이 이길 것이라는 분위기가 만연해 있으니 신풍개로서는 난감했다.

신풍개는 이 대결에서 이기는 게 분명한데 저쪽 분위기를 보면 그것도 아닌 것 같아서 헷갈렸다.

그런 상황에 혜성신니가 조심하라는 전음을 보내자 괜히 발끈했다.

[내가 패할 것 같소?]

혜성신니는 무슨 말을 하려다가 입을 다물었다.

연무장 한복판에 화지연과 신풍개가 삼 장 거리를 두고 마주 서 있다.

화지연은 조금도 긴장하지 않은, 아니, 오히려 재미있는 놀이를 하려는 장난꾸러기 같은 표정으로 신풍개에게 말했다.

"저는 창을 사용할 거예요."

그러면서 그녀는 품속에서 한 자 길이의 짧은 단봉을 꺼내 흔들어 보였다.

찰칵! 처척……!

단지 흔드는 동작뿐인데 단봉이 순식간에 양쪽으로 튀어나와 길어지더니 아홉 자 길이의 장창으로 변했다.

신풍개는 자세를 취하고 있는 화지연을 보고 추호의 빈틈이 없다는 사실을 깨달았다.

차앙!

원래 맨손으로 대결하려던 신풍개는 생각을 바꾸어 어깨의

검을 뽑았다.

괜한 자비심으로 만용을 부리다가는 만에 하나 패할 수도 있다는 생각이 들었던 것이다.

반옥은 한 시진 전에 용신이 되었으므로 다른 용신들의 실력이 어떤지 짐작조차 할 수가 없다.

그녀는 생사현관의 타통으로 공력이 무려 백오십 년에 이르기에 모르긴 해도 자신이 용신들 중에서는 가장 고강할 것이라고 짐작했다.

그녀가 보기에 화지연이 신풍개를 이길 것 같았다. 화지연의 실력을 알아서가 아니라 화운룡의 여유 있는 모습을 봤기 때문이다.

화지연이 웃으면서 화운룡을 돌아보았다.

"시작을 알려주세요."

그녀는 구십 년 공력으로 신풍개의 칠십 년 공력보다 이십 년이나 높다.

더구나 개방 무공하고는 비교 자체가 어림도 없는 무적 창술 만우뢰를 익혔으므로 애당초 신풍개는 그녀의 적수가 되지 못했다.

신풍개가 실전 경험이 풍부하다는 장점이 있지만 용신들은 실전을 방불케 하는 무공 연마를 자는 시간만 빼고 하루 종일 해오고 있다.

또한 지난번 몇 번의 싸움에서 눈부신 활약을 하며 싸움 경험을 쌓았으므로 경험상으로 크게 밀릴 일은 없다.

화운룡이 한 손을 들었다.

"시작!"

말이 떨어지기 무섭게 신풍개가 힘껏 바닥을 박차면서 화지연을 짓쳐갔다.

쉬이잇!

선공으로 기선을 제압하려는 의도다.

빠르기가 쏘아낸 화살 같아서 중인은 그가 전력을 다하고 있음을 간파했다.

화지연은 방심하지 않고 두 손으로 창을 움켜잡은 채 쏘아오는 신풍개에게서 시선을 떼지 않았다.

그녀는 신풍개를 상대할 방법이 몇 가지 있지만 정면 대결을 할 생각이다.

화운룡은 평소에 용신들에게 상대의 동작을 자세히 보고 다음 동작을 예견하는 훈련을 많이 시켰다.

신풍개는 거대한 바위라도 박살 낼 듯 정면으로 짓쳐가면서 힘껏 움켜잡은 검을 떨쳤다.

쿠아앗!

갑자기 주위가 어두워지는가 싶더니 다섯 개의 희끗희끗한 회선풍(廻旋風)이 정면과 좌우, 머리 위에서 화지연을 향해 번갯불처럼 뿜어졌다.

장하문은 눈을 빛냈다.

'회선무궁(廻旋無窮). 흠잡을 데 없는 수법이다.'

신풍개는 개방 방주만이 연마할 수 있는 개방의 절학 회선무공을 전력으로 전개했다.

그는 이 공격을 화지연이 피하거나 막을 수 없을 것이라고 확신했고, 만약 그녀가 다친다고 해도 어쩔 수 없다는 생각을 했다.

화지연은 주위가 어두컴컴해지면서 다섯 개의 회선풍이 자신을 향해 쏟아져 오는 것 따윈 추호도 겁나지 않는다는 표정을 지었다.

순간 그녀의 눈이 반짝 빛났다. 짓쳐오면서 공격하는 신풍개의 허점을 발견했기 때문이다.

슈웃!

그녀는 절세신법 쾌풍운을 전개하여 다섯 개의 회선풍 한복판으로 돌진해 창을 휘둘렀다.

싸움에서 승리하는 최대 관건은 상대의 허점을 누가 먼저 제대로 발견하느냐는 것이다.

빠름이나 강함 같은 것은 그다음의 일이다. 아무리 빠르고 또 강해도, 허점 속으로 정확하게 공격을 꽂아 넣지 못하면 아무런 소용이 없다.

혜성신니는 화지연이 신풍개의 무시무시한 공격 속으로 무모하게 정면으로 돌진하는 것을 보고 깜짝 놀랐다.

'아미타불…….'

그녀는 그것으로 싸움이 끝날 것이며 화지연이 크게 다칠 것이라고 예상했다.

그때 돌진하는 화지연이 창을 앞으로 쑥 내밀었다.

츠읏!

순간 창끝에서 번갯불 같은 갈지자(之)의 번뜩이는 광염이 번쩍 뿜어졌다.

그러는가 싶더니 한 조각 편린(片鱗) 같은 광염이 느닷없이 수천 개로 불어나면서 허공을 완전히 뒤덮었다.

그것은 마치 봄날 거센 바람에 꽃잎들이 우수수 흩날리는 듯 아름답기까지 한 광경이다.

화지연이 만우뢰를 전개하면 지금 같은 광경이 나타난다고 해서 그녀의 별호가 꽃 화 '화룡(花龍)'인 것이다.

똑같이 만우뢰를 배운 백진정이초식을 펼치면 뇌성벽력이 주위를 압도한다. 그래서 그녀의 별호가 우레를 뜻하는 '뇌룡(雷龍)'이다.

*　　　*　　　*

"아아……."

혜성신니와 혜정신니는 그 아름답고도 신묘한 광경에 부지중 탄성을 터뜨렸다.

그러더니 한순간 수천 송이 꽃송이들이 돌연 날카로운 창날이 되어 한꺼번에 신풍개를 향해 쏟아졌다.

신풍개가 회선무궁 초식으로 만들어낸 다섯 개의 회선풍은 어느새 사라져 버렸다.

그 대신 수천 개의 창날이 자신의 한 몸을 향해 쏟아져 오자 기겁할 수밖에 없다.

수천 개의 창날은 환상이 아니라 실제로 존재하는 것이다. 환상이라면 사술이지 정통 수법이 아니다. 화운룡이 창안한 무공, 아니, 절학은 사술 따위가 아닌 정통이다.

신풍개는 검으로는 도저히 막아내거나 피할 수 없다고 판단하여 창피하지만 바닥으로 몸을 날렸다.

게으른 나귀가 땅에 구른다는 뇌려타곤(瀨驢陀坤) 수법은 강호에서 삼류무사조차도 실전에서 전개하지 않는 부끄러운 수법이다.

상대의 공격에 맞서 싸울 때 가장 훌륭한 방법은 반격을 하는 것이다.

그다음이초식으로 막는 것이며, 세 번째는 피하는 것이고, 네 번째가 바닥에 몸을 던져 구르는 것인데, 이 행위는 사실상 패배를 인정하는 것이나 다름이 없다. 그것은 이미 강호의 정설이다.

한순간 허공을 가득 덮은 상태에서 신풍개를 향해 쏟아지던 수천 개의 창날이 갑자기 거짓말처럼 사라졌다.

화지연이 창을 거둔 것이다.

그리고 화지연과 모든 사람들이 지켜보고 있는 가운데 신풍개는 마지막 구르기를 멈추었다.

자신이 공격권에서 벗어났는지 어떤지를 확인하려고 엎드린 자세에서 두리번거리는 신풍개의 귀에 화지연의 조용한 목소리가 들렸다.

"방주, 일어나세요."

움찔한 신풍개가 고개를 들고 쳐다보니 저만치에 창을 세우고 서 있는 화지연이 화사한 미소를 지으며 예의에 어긋나지 않게 정중히 말했다.

"일초식입니다."

"……."

신풍개의 얼굴이 벌겋게 달아올랐다. 그가 재빨리 두리번거리며 쳐다보자 자신을 지켜보고 있는 사람들이 보였는데, 화운룡 쪽 사람들은 아무도 비웃거나 조롱하는 표정이 아니라 진지한 모습을 하고 있었다.

오히려 혜성신니와 혜정신니, 개방 고수들이 씁쓸한 표정을 짓고 있었다.

신풍개는 엎드려 있는 바닥이 푹 꺼지면서 끝없는 나락으로 추락하는 절망감을 맛보았다.

차라리 저들이 대놓고 비웃기라도 한다면 울분을 터뜨리면서 이곳을 뛰쳐나가면 될 터인데 진지한 표정을 하고 있으므로 그럴 수도 없다.

그런데 끝난 것이 아니라 아직 이초식이나 남았다. 직접 겪은 신풍개가 봤을 때 방금 화지연의 일초식은 절대로 사술이 아니었다.

그는 뇌려타곤으로 간신히 낭패를 모면했는데 앞으로 남은 이초식을 도저히 감당할 자신이 없어졌다.

만약 이대로 계속 싸운다면 그가 더 창피를 당할지언정 화지연을 이기거나 전세를 역전시킬 가능성은 전무했다.

풍부한 무림 경험은 이럴 때 어떻게 해야 하는지 빠른 결정을 내려주었다.

패배를 인정하려고 마음먹은 신풍개가 비틀거리면서 일어서고 있을 때 화운룡의 조용한 목소리가 들렸다.

"됐다."

신풍개가 어눌한 얼굴로 쳐다보자 화운룡이 포권을 하며 고개를 끄떡였다.

"방주께서 많이 양보해 주셔서 고맙소. 사실 나는 천방지축 여동생이 다칠까 봐 노심초사했소."

"……"

신풍개는 그제야 화지연이 화운룡의 여동생이라는 사실을 알게 되었다.

아니, 새롭게 알게 된 사실이 어디 그것뿐이겠는가.

화운룡과 그의 최측근들을 거두절미 오합지졸이라고 말한 자신이 경솔했다는 것과 화지연을 어리다고 무조건 얕잡아 본 것. 또한 화지연이 일초식에 이겼음에도 아무도 비웃지 않았으며 오히려 화운룡이 신풍개의 얼굴을 살려주었다는 점 등이 그렇다.

이 시점에서 대처하는 방법은 크게 세 가지다. 그리고 신풍개는 가장 훌륭한 선택을 했다.

그는 화지연에게 포권을 하며 정중하게 고개를 숙였다.

"일초식에 패했음을 인정하오."

일파지존인 그로서는 하기 어려운 말이다.

그리고 그는 누가 말릴 새도 없이 화운룡을 향해 그 자리에 엎어지듯 무릎을 꿇고 머리를 조아렸다.

"화 문주, 불초의 경거망동을 용서하시오."

이 순간의 신풍개는 치욕보다는 오히려 마음이 차분해지는 것을 느꼈다.

깨끗이 패배를 인정하기 때문이다. 패배에 불복하여 울분이 솟구친다면 절대로 차분한 마음이 될 수가 없다.

그는 이마를 바닥에 대고 한동안 있는데도 아무 소리도 나지 않아서 가만히 고개를 들다가 믿을 수 없는 광경을 발견하고 움찔 놀랐다.

화운룡 이하 그의 측근들이 모두 무릎을 꿇고 신풍개 자신과 맞절을 하고 있지 않은가.

화운룡이 이마를 바닥에 대고 정중히 말했다.

"찾아온 손님에게 무례하게 일대일 대결을 청했으니 이것은 결과를 떠나서 크게 잘못된 일이오. 넓은 마음으로 용서하기 바라오."

"……."

신풍개는 심장을 쇠망치로 호되게 얻어맞은 충격에 멍해졌다.

사실 화운룡이 잘못한 것이 도대체 뭐라는 말인가.

처음부터 신풍개가 오합지졸이니 뭐니 도발을 해서 벌어진 일이었다.

그래서 신풍개가 개망신을 당해서 약속대로 무릎을 꿇고 사죄를 하는데 화운룡과 그의 측근들이 똑같이 무릎을 꿇고 사죄를 하니, 이것은 신풍개의 체면을 살려주는 것이 아니고 무엇이겠는가.

또한 이런 행동은 아무나 할 수 없으며 어설프게 흉내를 냈다가는 이상한 꼴이 되고 만다.

어쨌든 화운룡의 자비로써 두 사람이 평등해졌다.

신풍개는 발가벗고 얼음물 속에 뛰어든 것 같은 커다란 깨달음을 얻었다.

'대인(大人)이다……!'

그의 눈에 씌워 있던 막이 벗겨졌다.

한 척의 배가 장강을 벗어나 청산하(青山河)로 접어들었다.

청산하는 황산(黃山)에서 발원하여 장강으로 흘러드는 여러 개의 강줄기들 중에 하나다.

배는 중간 크기이며 누가 보더라도 상선이지만 청산하 같은 작은 강에서는 매우 크게 보였다.

배는 해룡상단의 상선인데 깃발에는 신표(神豹)상단 표식이 그려져 있다.

신표상단은 청산하 하류 무호현(無湖縣)의 소규모 상단이며 청산하와 장강 일대를 무대로 장사를 하고 있다. 그들은 해룡상단의 하부 조직이라고 할 수 있어서 깃발 정도는 마음대로 사용해도 된다.

사실 이 배에는 화운룡을 비롯한 십육룡신들과 비룡은월문 검사들, 그리고 신풍개와 혜성신니 등이 타고 있다.

그들은 황산파를 공격하기 위해서 황산으로 이동하고 있는 중이며, 곳곳에 있을지 모르는 황산파의 눈을 속이려고 신표 상단 상선으로 위장하고 있다.

청산하는 수심이 깊고 물살이 빠르지 않아서 많은 배들이 왕래하고 있는 탓에 화운룡 일행이 탄 상선은 그다지 눈에 띄지 않았다.

이곳 안휘성 최남단 지역은 거대한 황산이 넓게 산맥을 이루고 있어서 장강을 벗어나 청산하 중류부터는 뱃길로 가는 것이 수월하다.

산길을 가면 굽이굽이 돌기도 하지만 곳곳에 있는 황산파 강정(崗亭: 검문소)을 지나쳐야만 한다.

뱃전에는 화운룡과 장하문, 신풍개, 혜성신니 네 사람이 나란히 서서 배가 황산의 웅장한 기경 속으로 들어가고 있는 것을 지켜보고 있다.

네 사람은 평범한 경장 차림이며 일부러 무기를 휴대하지 않았다. 어디에서라도 황산파 고수가 지켜보고 있을 수 있기 때문에 조심하는 것이다.

평소에는 가사를 입는 혜성신니와 혜정신니도 지금은 경장 차림이다.

장하문이 배가 나아가고 있는 앞쪽을 보면서 진지한 표정으로 말했다.

"황산파에 천외신계 고수들이 따로 없다는 사실이 좀 이상

하긴 하지만 개방의 조사를 믿어야겠지요."

신풍개는 가볍게 고개를 끄떡였다.

"본 방의 제자들이 황산파에 몇 번이나 들어가서 직접 조사한 것이니까 틀림이 없을 것이오."

개방 제자들이 버젓이 황산파에 들어간 것이 아니라 황산파에 출입이 허용된 사람으로 변장해서 들어가 이곳저곳을 조사한 내용이다.

예로부터 개방의 조사는 빠르고도 정확하다고 정평이 났으므로 이번에도 다르지 않을 것이다.

현재 이 상선에는 백오십여 명이 타고 있다. 반옥이 새로 용신이 된 십육룡신을 비롯하여 비룡검대, 해룡검대에서 오십 명씩, 삼검대인 진검대에서 이십 명, 그리고 신풍개와 혜성신니 일행 등이다.

화운룡은 이번 출동에 특별히 호북연세가의 소가주 연림을 데리고 왔다.

천음절맥인 그녀는 생사현관을 타통하여 오십 년 공력이 무려 백오십 년으로 급증했다.

연림은 용황락 내에 머물면서 화운룡의 최측근인 용신들을 몇 차례 보고는 그들의 위용에 크게 마음이 동요해서 자신도 용신이 되기를 갈망했다.

며칠 전에 장하문은 호북연세가를 비룡은월문에 받아들이

고 연림을 용신으로 거두는 것이 좋겠다고 의견을 말했다.

하지만 화운룡은 그 당시 거기에 대해서 아직 결정을 내리지 않았었는데 이번에 연림을 시험해 보고 나서 결정할 생각이다.

비룡은월문이 원래 주변의 문파들이 모인 연합 세력이므로 화운룡으로서는 호북연세가가 합세하려는 것을 굳이 마다할 이유가 없다.

화운룡은 천외신계든지 어느 누구의 핍박 때문에 찾아드는 사람들을 다 받아들일 생각이다.

그래서 그들로 천외신계와 같은 외부 세력들을 상대한다는 계획을 갖고 있다.

오는 사람 마다하지 않고 가는 사람 잡지 않는다는 것이 그의 방식인 것이다.

호법신 명림은 데리고 왔지만 호법대 열한 명의 제자들은 두고 왔다.

그녀들은 아직 어린 데다 비룡육절을 제대로 터득하지 못했기 때문에 이번 싸움에서 다칠 수도 있다.

그때 상선의 선장이 다가와서 공손히 보고했다.

"앞으로 반시진 후에 태평(太平) 포구에 도착합니다."

배로 도달할 수 있는 청산하의 상류 마지막이 태평 포구이며 황산 북쪽 인근에서 가장 크고 번화한 곳이 태평현이다.

말하자면 태평현은 황산파로 가는 관문이라고 할 수 있다. 그곳에서 황산파까지는 산길로 십오 리이며 대로가 잘 깔려 있다고 한다.

화운룡을 필두로 백오십여 명이 황산 북쪽에 곧게 깔려 있는 산길을 나는 듯이 달리고 있다.

산길 초입부터 세 곳의 강정(검문소)이 막고 있었지만 눈에 띄는 대로 세 곳 다 박살 냈다.

그곳을 지키고 있던 다섯 명씩의 황산파 고수들을 모두 죽인 것은 두말할 필요가 없다.

강정을 지키고 있던 황산파 고수들이 죽기 전에 화운룡 일행을 발견하여 그 사실을 황산파에 알렸을지 아닐지는 중요한 일이 아니다.

백오십여 명의 낯선 고수들이 황산파를 향해서 올라가고 있다는 전갈 같은 것을 받았다면 황산파는 미리 만반의 준비를 할 것이다.

백오십여 명의 정체불명 고수들 때문에 문파를 텅 비우고 도망갈 황산파가 아니다.

어쨌든 황산파가 화운룡 일행의 방문을 미리 알고 있다는 정도로는 그들의 전력이 갑자기 강해질 리가 없다.

그러니까 개방 제자들이 알아낸 전력만으로 화운룡 일행을 상대할 것이다.

화운룡은 보진의 천옥보갑 속에서 그녀와 양체합일 즉, 양체신공을 전개하고 있는 중이다.

언제 무슨 일이 벌어질지 모르는 상황이기 때문에 미리 상선에서 양체신공을 전개하여 그의 공력이 보진의 단전에 들어가 있는 중이다.

명림은 화운룡과 양체신공을 할 때마다 보진이 만든 천옥보갑을 입었던 것이 불편해서, 자신과 화운룡의 몸에 딱 맞는 옷을 심혈을 기울여서 새로 만들고 이름을 화운룡의 '운'과 자신의 '명'을 따서 '운명갑(雲命鉀)'이라고 지었다.

화운룡의 '운(雲)'은 구름 운이라서 '운명(運命)'의 운(運)과 다르지만 발음이 같기 때문에 그대로 채용했다.

어쨌든 자신과 화운룡이 '운명'으로 꽁꽁 묶인다는 뜻은 같기 때문이다.

운명갑 같은 것을 만든 걸 보면 그녀가 화운룡을 얼마나, 그리고 어떻게 생각하는지 알 수 있다.

하지만 명림이 최상급의 멋진 옷감으로 '운명갑'까지 만들어 만반의 준비를 갖추었는데도 불구하고 화운룡은 보진의 천옥보갑을 입어서 그녀를 실망시켰다.

그렇지만 화운룡은 어째서 오늘은 보진과 양체신공을 했는지에 대해 명림에게 일일이 설명을 해줄 정도로 자상한 성격의 소유자가 아니다.

사실 이번에 화운룡이 보진을 선택한 이유는 그녀의 공력을 높여주려는 의도에서다.

그는 얼마 전에 명림과 양체신공을 했다가 둘 사이에 정체를 알 수 없는 사십 년의 공력이 새로 생성됐으며 그런 현상이 두세 번 거듭하다가 사십 년 공력이 명림의 것이 되었다는 사실을 확인했다.

지난번에 보진과 양체신공을 했을 때에는 이십오 년의 공력이 생성됐었으니까 그녀와 한두 번 더 양체신공을 하면 그것이 그녀의 소유가 될 것이라는 생각이다.

그는 어떤 방법으로든지 자신의 최측근들 공력이 높아진다면 명림과 보진만이 아니라 남녀를 가리지 않고 모두와 평상시라도 양체신공을 해볼 계획이다.

신풍개와 혜정신니 등은 화운룡의 체구가 아까보다 더 커진 것을 봤지만 그런 이유를 나름대로 짐작할 뿐이지 자세히 알려고 들지 않았다.

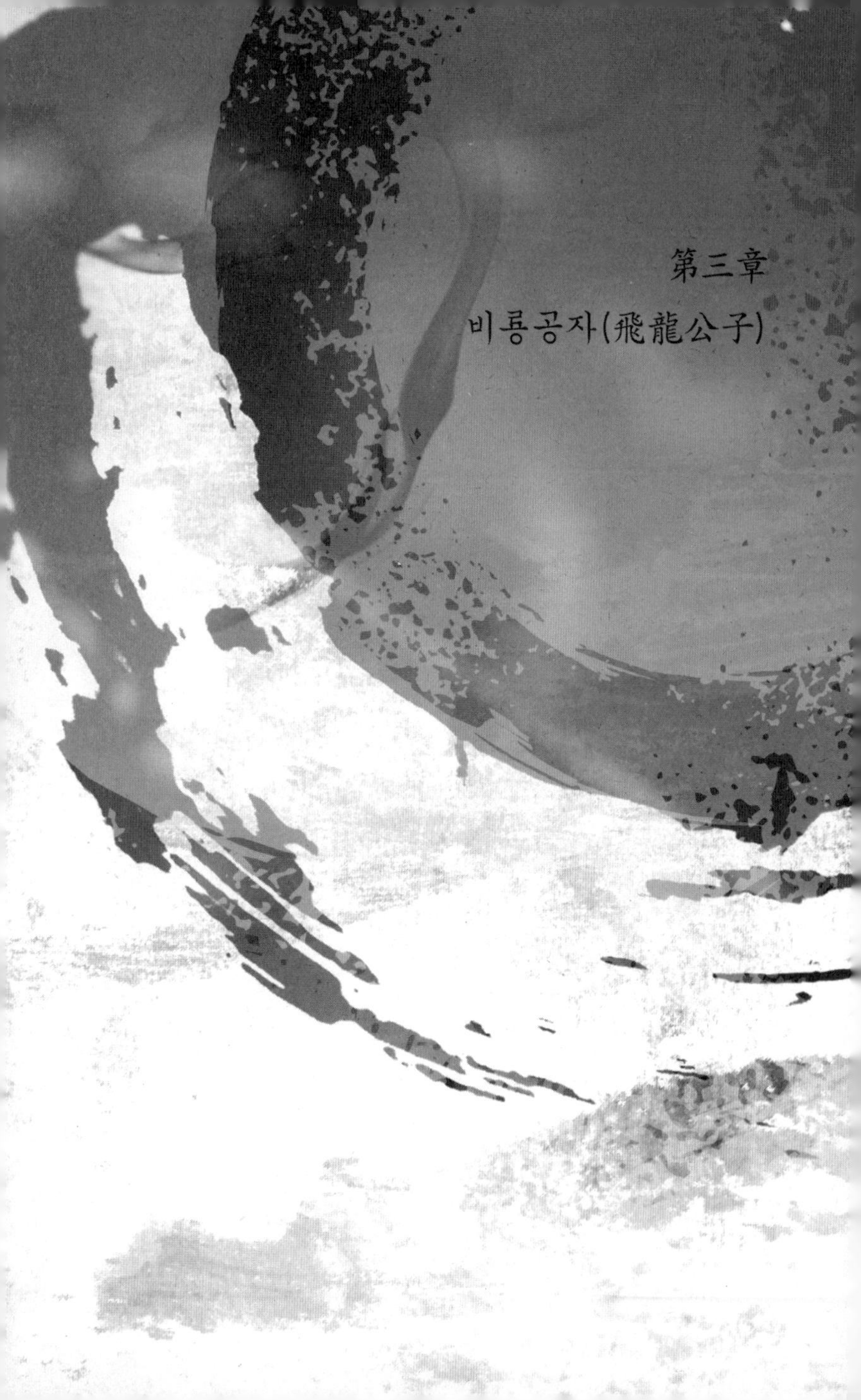

第三章

비룡공자(飛龍公子)

화운룡 일행이 황산파에 당도했을 때 전문은 굳게 닫혀 있으며 주위에는 아무도 보이지 않았다.

개방 제자의 조사에 의하면 황산파는 명문정파답게 언제나 전문이 활짝 열려 있으며 늘 사람들이 자유롭게 드나들고 입구에는 여섯 명의 호문무사가 지키고 있었다.

그런데 지금은 전문이 굳게 닫혀 있는 데다 아무도 없는 것을 보면 화운룡 일행이 온다는 사실을 황산파에서 알고서 전문을 닫았다는 뜻이다.

그렇지만 화운룡 일행은 비룡은월문을 상징하는 어떠한 표식도 드러내지 않았기 때문에 황산파에서는 방문자가 누구인지 모를 터이다.

화운룡 일행은 모두 멈춰 있고 개방 고수 한 명이 전문 앞으로 나서 주먹으로 묵직하게 두드렸다.

쿵쿵쿵쿵!

화운룡은 처음부터 전문을 부수기보다는 정식으로 방문하는 절차를 밟으려고 가만히 보고만 있었다.

두드리는데도 열어주지 않을 때는 전문을 부술 수밖에 없을 터였다.

개방 고수가 전문을 세 차례 두드렸는데도 안에서는 아무런 기척이 없다.

이러면 두 번째 방법 즉, 전문을 부술 수밖에 없다.

개방 고수가 전문을 부수기 위해서 장력을 전개하려고 공력을 끌어 올리는 것을 보고 뒤에 멀찌감치 서 있는 명림이 짧게 경고했다.

"비켜요."

개방 고수가 뒤돌아보며 주춤거리는데 명림이 전문을 향해 아무렇지도 않게 슬쩍 왼손을 내밀고는 손목을 슬쩍 뒤집는 동작을 취했다.

츠읏…….

그러자 명림의 왼손에서 투명한 무엇인가 번쩍하고 전문을 향해 뿜어졌다.

투명한 기류인데도 사람들의 눈에 기류를 통해서 그 너머의 물체들이 이지러져 보였다.

꽈아앙!

그리고 다음 순간 믿어지지 않는 광경 즉, 전문이 산산조각 박살 나서 사라지는 일이 벌어졌다.

폭 삼 장에 높이 이 장의 거대한 전문이 부서진 것도, 구멍이 뚫린 것도 아니고, 아예 조각조각 분해돼서 흔적조차 찾을 수 없을 정도로 먼지처럼 훌훌 날아가 버린 것이다.

방금 명림은 화운룡이 강기 사용법을 가르치면서 전수한 항룡장을 발휘했다.

똑같은 항룡장이지만 다른 용신들은 항룡장을 단지 장법으로 전개하는 데 비해서 명림은 강기 즉, 항룡강(亢龍罡)으로 전개했다.

장법과 강기는 근본적으로 다르다. 장법은 공력을 발출하는 것이지만, 강기는 공력을 강기로 응축시켜서 뿜어내기에 서너 배나 더 위력적이고 파괴력이 막강하다.

화운룡 일행 중에서 강기를 전개할 줄 아는 사람은 오로지 명림뿐이라서 다들 망연자실한 표정을 지었다.

용신들은 어리고 경험이 많지 않은 사람들이 대부분이라서 명림의 항룡강이 도대체 무엇인지조차 알아보지 못했다.

다만 그녀가 방금 전개한 엄청난 절학을 화운룡에게 배웠을 것이라고 짐작하며 부러운 표정을 지었다.

어느 누구라도 화운룡하고 가깝게 지내면 어김없이 새로운 절학을 배우거나 공력이 급증하는 행운이 따른다는 것을 지금까지의 전례로 잘 알고 있다.

그렇기에 용신들은 너 나 할 것 없이 화운룡 근처에서 맴돌면서 한 번이라도 더 그의 눈에 띄려고 하는 것이다. 그래야 지만 뭐라도 하나 더 배우고 얻기 때문이다.

방금 명림이 전개한 것이 강기라는 사실을 알아본 사람은 장하문과 신풍개, 혜성신니, 혜정신니, 그리고 보진과 창천 정도에 불과했다.

그들은 흔적도 없이 사라진 전문이 있던 자리와 명림을 번갈아 쳐다보면서 놀라움을 감추지 못했다.

무림의 몇몇 절정고수만이 사용하는 강기를 눈앞에서 보게 될 줄은 몰랐기에 놀라움이 더욱 컸다.

명림은 모든 사람들의 시선을 따갑게 느끼면서 뿌듯함을 감추려고 애썼다.

그녀는 아미파에서 장로의 지위에 있었으니만큼 누구보다도 수양이 깊어서 자신이 요즘 화운룡의 총애를 독차지하고 있다는 사실을 잘 알고 있기에 조심하는 것이다.

그녀는 화운룡에게 공손히 말했다.

"주군, 들어가세요."

그녀는 모든 사람들의 시선 중에서도 얼마 전까지 사저였으며 친언니였던 혜성신니의 시선이 가장 따갑다는 사실을 느꼈으나 그 역시 모른 체했다.

혜성신니의 놀라움은 상상 이상이다. 또한 그녀는 명림의 무공이 자신하고는 비교하지 못할 정도로 고강해졌음을 절실하게 깨달았다.

그리고 혜성신니가 바보가 아닌 이상 그것이 화운룡하고 깊은 연관이 있다는 사실을 짐작할 수 있었다.

그녀는 화운룡을 대단한 영웅이며 신비한 사람이라고 여기고 있었는데 이번 일 때문에 그가 더 대단한 사람으로 보였다.

화운룡이 천천히 걸음을 옮기자 연림이 급히 그의 왼쪽에서 나란히 걸었다.

그가 무슨 일이 있어도 자신의 곁에서 떨어지지 말라고 미리 주의를 주었기 때문이다.

그리고 명림이 재빨리 앞장서며 길을 텄다. 그녀는 생사현관 타통에 이어서 요함혈체로 인하여 공력이 이백 년으로 급증하고는 강기까지 터득하게 되자 막말로 눈에 보이는 것이 없을 정도가 됐다.

그 모든 것들이 화운룡 덕분이라는 것을 알기에 그에 대한 애정이 더욱 깊어진 것은 두말할 필요가 없다.

십사룡신과 신풍개 등이 좌우와 뒤쪽에 늘어서고, 그 뒤를 비룡, 해룡, 진검대 검사 백이십여 명이 당당하게 황산파 안으로 줄지어 들어갔다.

대부분의 문파나 방파들이 대개 그러하듯이 황산파도 전문 안은 드넓은 마당이고 오십여 장 너머에 첫 번째 거대한 전각이 자리를 잡았으며, 그 뒤와 주변에 이십여 채의 전각들이 흩어져서 있다.

그런데 지금 수백 명의 황산파 고수들이 전문을 제외한 삼면에 질서정연하게 겹겹이 늘어서서 화운룡 일행을 기다리고 있었다.

그들은 약 사백여 명쯤 됐으며 화운룡 일행이 들어서자 마치 그들이 쳐놓은 함정 안으로 제 발로 걸어 들어가는 광경처럼 보였다.

스사사삭…….

그리고 화운룡 일행 백오십여 명이 마당으로 다 들어가자 좌우 전문 쪽 가깝게 있던 황산파 고수들이 재빨리 뒤쪽으로 이동하여 전문 쪽 퇴로를 차단해 버렸다.

그렇게 되자 화운룡 일행은 완전히 포위망에 갇혀 버린 꼴이 돼버렸다.

하긴 이런 상황이 됐다고 해서 황산파를 괴멸하려고 온 화운룡 일행이 겁먹거나 기죽지는 않겠지만 말이다.

이런 상황에서 가장 긴장하는 사람은 누가 뭐래도 신풍개와 혜정신니 등일 것이다.

그들은 십육룡신의 막내인 화지연이 신풍개를 일초식 만에 굴복시키는 광경을 눈으로 봤지만 지금 상황은 그것과는 사뭇 달라서 아연 긴장할 수밖에 없다.

개방 제자들은 황산파에 평소보다 조금 많은 사백여 명의 고수들이 있다고 했는데 그 말이 맞았다.

장하문이 슬쩍 둘러보니까 현재 넓은 마당에 나와 있는 고수들 수가 사백여 명쯤 됐다. 황산파 고수들이 모두 나와 있다는 뜻이다.

황산파 고수들은 화운룡 일행을 다짜고짜 공격하지 않고 그들이 전면에 위치한 전각의 돌계단 앞까지 당도하기를 묵묵히 기다렸다.

돌계단 위에는 오십오 명 정도가 있으며, 다섯 명이 앞에, 그리고 오십 명이 뒤에 늘어섰다.

보기에도 앞선 다섯 명이 황산파 문주와 간부들인 듯했다.

화운룡은 그들 뒤쪽에 세 줄로 늘어서 있는 오십 명이 평범한 고수들이 아니라는 사실을 한눈에 직감했다.

이것저것 따질 것 없이 그냥 한 번 보면 안다. 그것이 바로 경험이다.

그들 오십 명은 당연히 황산파 고수가 아닐 것이다. 한눈에도 황산파 고수들하고는 구분이 됐다.

화운룡은 천외신계 녹성고수들을 여러 번 상대해 봤었지만 저들 오십 명은 녹성고수하고는 비교도 되지 않을 만큼 대단한 기도를 흘리고 있었다.

기도라고 해서 용신들이 한눈에 발견할 수 있는 평범한 것이 아니다.

어쩌면 경험이 풍부한 신풍개나 혜성신니라면 오십 명의 기도를 감지할 수도 있을 것이다.

화운룡은 오늘의 싸움이 쉽지 않을 수도 있다고 예상했다.

정확한 것은 싸워봐야 알겠지만 저들 오십 명이 제아무리 정예고수라고 해도 그들 각자는 용신 각자보다 한 수 아래일 것 같다.

용신 두 명으로 저들 세 명을 상대하면 반의반 수 정도 유리할 것이라고 예상했다. 이것은 단지 직감일 뿐이지만 거의 틀린 적이 없었다.

그렇다고 해서 용신 두 명으로 저들 세 명을 상대하는 것은 하책이다.

용신 두 명으로 저들 두 명을 상대하는 것이 정석이다. 그래야지만 싸움에서 우위를 차지할 수 있다.

싸움은 시작부터 끝날 때까지 줄곧 우위를 점해야만 최종적으로 승리할 수 있다.

최초의 공격에서 화운룡과 보진을 제외한 십사룡신이 저들 정예고수 십사 명을 상대하는 동안 신풍개와 두 명의 개방 고수, 혜성신니와 혜정신니가 다섯 명을 감당해야 한다.

십사룡신이 십사 명의 적들을 죽이는 것은 일초식에 끝날 것이고, 두 번째 십사 명을 죽이려고 할 때 신풍개 등이 싸움에 임하게 될 터이다.

그래도 남는 자들은 문주를 비롯한 간부급 다섯 명을 합치면 이십이 명이다.

그들을 화운룡과 보진, 명림 셋이서 처치해야 한다.

그러는 사이에 비룡검대와 해룡검대, 진검대 검사 백이십 명은 회천궁으로 삼면의 고수들을 주살하면서 가까이 접근하지 못하도록 했다.

현재 화운룡과 보진이 양체신공을 전개한 공력은 백구십오 년 수준이다.

화운룡은 예전에 비해서 공력이 오 년 증진된 상태이며 그것 때문인지 보진과의 양체신공에서 예전보다 오 년 더 증진된 삼십 년이라는 새로운 공력이 생겼다. 그래서 도합 백구십오 년이다.

화운룡은 돌계단 위의 상황과 방금 새로 세운 계획을 모두에게 전음으로 보냈다.

무려 백구십오 년 공력의 그가 모두에게 전음을 보내는 것은 어려운 일이 아니다.

그때 돌계단 위에 늘어선 앞쪽 다섯 명 중에 한 명이 고압적인 자세로 외쳤다.

"뭐 하는 자들이냐?"

그는 아래를 굽어보면서 말하고 있었지만 화운룡 일행이 모두 똑같은 경장 차림을 하고 있어서 누가 우두머리인지 분간을 할 수가 없었다.

상식적으로 우두머리라면 전면에 서 있거나 무리 중에서 즉시 눈에 띄는데 화운룡 일행은 그렇지 않았다.

또한 선두의 이십여 명은 한두 명을 제외하곤 대부분 이십세 전후라서 한눈에 보기에도 오합지졸 같았다. 그래서 더욱 이들이 찾아온 이유를 종잡기 어려웠다.

방금 돌계단 위에서 말한 자는 그래도 나이가 제일 많고 강직해 보이는 신풍개가 우두머리일 것이라고 짐작하여 그를 굽어보며 엄숙하게 말했다.

"이곳이 황산파라는 사실 정도는 알고 왔을 텐데 어디에서 온 누구냐?"

그런데 대답을 하는 사람은 장하문이다.

"긴말 필요 없다. 우린 황산파를 괴멸시키려고 왔다."

"뭐어……."

너무도 충격적이고 어이없는 말이라서 방금 말한 자는 할 말을 잃었다.

그자는 황산파 총교라는 지위인데 다른 방파나 문파의 총당주나 총전주급이다.

장하문은 총교 옆에 서 있는 세 가닥 점잖은 수염을 기른 오십 대 초반 인물이 황산파 문주 의검객(義劍客) 정복(鄭福)이라는 사실을 이미 알고 있었기에 그를 주시하면서 마치 선포하듯이 말했다.

"정복, 우리는 황산파가 천외신계의 주구라는 사실을 알고 너희를 멸문시키러 왔다."

돌계단 위 앞줄 다섯 명이 일시에 움찔했다.

천외신계라는 말은 아직 무림에서 흔하게 가담항설(街談巷說) 떠도는 이름이 아니다.

또한 황산파가 천외신계의 앞잡이 노릇을 하고 있다는 사실은 더더욱 외부에 알려지지 않았기에 장하문의 말을 듣고는 놀랄 수밖에 없다.

장하문은 정복이나 돌계단 위의 인물들이 어떤 반응을 보이기도 전에 주위를 둘러보면서 모두가 들을 수 있도록 우렁차게 외쳤다.

"황산파에도 천외신계에 반대하는 의인(義人)이 있을 것이라고 생각한다! 이것이 마지막 기회다! 지금 물러나면 의인으로 간주하여 살려주겠다!"

공력이 실린 그의 외침은 넓은 마당을 쩌렁쩌렁 울렸기에 듣지 못한 사람이 없었다.

그렇지만 주위가 고요할 뿐 아무도 움직이지 않았으며 장하문은 그것을 예상했기에 실망하지 않았다.

어느 문파나 다 비슷하기 때문에 황산파가 천외신계에 장악된 것을 반대하는 의인들이 반드시 있을 것이었다. 하지만 설혹 있다고 해도 장하문의 몇 마디 말을 듣고 선뜻 앞으로 나서지는 못할 터였다.

그러나 비룡은월문이 황산파를 공격하여 우위를 보이게 되면 황산파의 의인이 몇 명뿐이라고 해도 혼란한 틈을 타서 행동을 개시할 것이다.

행동이라는 것은 싸움에서 빠지거나 화운룡 일행을 도와서 황산파를 공격하는 것이다.

"네 이놈! 아가리 닥치지……."

뿌악!

"으왁!"

총교가 장하문을 가리키며 호통을 치다가 명림이 슬쩍 손을 흔들자 가슴에 커다란 구멍이 뻥 뚫려서 하고 싶은 말을 다 하지 못했다.

바로 옆에서 서 있던 문주 정복과 세 명은 움찔 놀라서 총교를 쳐다보았다.

그리고 그들이 쳐다보고 있는 동안 총교의 가슴 부위가 뒤로 꺾여서 뒤쪽 바닥에 나뒹굴었다.

쿵!

명림의 항룡강에 의해서 가슴에 뚫린 커다란 구멍이 그의 상체를 잘라 버린 것이다.

하체는 여전히 돌계단 위 바닥을 딛고 서 있으며, 가슴 위 상체가 바닥에 떨어진 섬뜩한 광경에 그곳에 있는 자들은 누구를 막론하고 한 줄기 차디찬 삭풍이 가슴속을 훑은 것처럼 모골이 송연해졌다.

화운룡이 천외신계 정예고수라고 추측한 오십 명도 예외가 아니라서 가볍게 표정이 변했다. 정예고수라고 해서 감정이 없는 것은 아니기 때문이다.

[쳐라!]

그때 화운룡이 전음으로 짧게 모두에게 외치며 허공으로 비스듬히 쏘아가는데 그 속도가 화살보다 빨랐다.

쉬이잇!

만반의 준비를 하고 있던 명림과 연림, 십사룡신, 신풍개, 혜성신니 등은 일제히 돌계단 위를 향해 쏘아갔다.

그리고 비룡, 해룡, 진검대 검사 백이십 명은 재빠른 동작으로 돌계단 쪽을 제외한 세 방향을 향해 회천탄을 전개했다.

*　　　　*　　　　*

허공을 비스듬히 빛처럼 쏘아가며 화운룡이 명림과 연림에게 전음을 보냈다.

[내 곁에 일 장 이내에서 싸워라.]

명림이 가장 빨리 쏘아갔으나 화운룡의 전음을 듣고 속도를 줄여 그의 오른쪽에서 나란히 날아가고 연림은 왼쪽에서 쏘아갔다.

화운룡과 연림은 검을 뽑았지만 명림은 맨손 육장(肉掌)이다.

공력이 이백 년에 이르는 명림은 맨손이나 검이나 상관없이 비슷한 위력을 발휘한다.

화운룡이 검을 사용하려는 이유는 장력에 익숙하지 않은 연림과 같이 검을 사용하려는 의도다.

신풍개와 두 명의 개방 고수, 그리고 혜성, 혜정신니 다섯 명은 한 조가 되어 돌계단 위 뒤쪽의 천외신계 정예고수 오십 명에게 쏘아갔다.

아무에게나 무작정 쏘아가는 것이 아니라 화운룡이 이들 다섯 명에게 최초에는 어느 쪽의 누구 세 명만 죽이라고 정확하게 지목을 해주었기에, 그들을 향해 쏘아가는 것이다.

신풍개 등 다섯 명이라면 천외신계 정예고수 다섯 명과 일대일로 싸워도 손색이 없겠지만 그러면 적을 죽이는 것이 아니라 싸움이 길어지게 된다.

그래서 최초에 세 명만 죽이고 또다시 두 번째에도 세 명을 상대해서 죽이라고 지시했다.

또한 장하문을 비롯한 십사룡신에게도 두 명씩 일곱 개의 조를 짜서 공격하되 한 번에 두 명씩만 죽이라고 지시했다.

쉬이익!

화운룡의 전음에 명림과 연림, 십사룡신, 신풍개 등이 일제히 돌계단 위로 쏘아 오르고 비룡, 해룡, 진검대 검사들이 삼면을 향해 회천탄을 전개할 자세를 취하자, 느닷없이 급변한 상황에 황산파 사람들은 누구를 막론하고 깜짝 놀랐다.

제일 먼저 명림이 양손으로 항룡강을 뿜어냈고, 동시에 화운룡과 연림이 검을 휘둘러 돌계단 위 앞쪽의 문주 등 네 명을 공격해 갔다.

좌아악!

화운룡 등과 문주 등의 거리는 삼 장 남짓밖에 되지 않았으며 그들은 급급히 무기를 뽑으면서 반격했다.

차차창!

그렇지만 이백 년 공력의 명림과 백구십오 년인 화운룡과 보진, 그리고 백오십 년 수준인 연림의 상대는 되지 못했다.

문주 등은 무기를 뽑기는 했지만 미처 휘둘러 보지도 못하고 화운룡 등의 공격에 속수무책 자신들의 몸을 내맡길 수밖에 없었다.

빠빡!

파아악!

명림의 양손 항룡강이 문주 의검객 정복과 그 옆에 선 자의 머리통을 한꺼번에 잘 익은 수박처럼 박살 낼 때, 화운룡과 연림의 검이 나머지 두 명의 정수리를 세로로 쪼갰다.

화운룡과 명림, 연림은 쓰러지고 있는 그들의 머리 위를 날아 넘어 천외신계 정예고수들을 향해 내리꽂히며 두 번째 공격을 전개했다.

화운룡 등은 황산파 문주를 비롯해서 네 명을 죽였지만 십사룡신과 신풍개 등보다 더 빨리 천외신계 정예고수들을 공격해가 고 있었다. 그만큼 속도가 빨랐던 것이다.

그 순간 황산파 허공을 떨어 울리는 맑고 강렬한 음향이 한차례 터졌다.

투아앙!

비룡, 해룡, 진검대 백이십 명의 검사들이 삼면을 향해 일제히 무령강전을 발사한 것이다.

쇄애애앵!

무령강전 백이십 발이 한꺼번에 허공을 찢어발기는 날카롭고도 청명한 파공음은 굉음이라고 표현할 수밖에 없다.

용신들은 한 번에 다섯 발까지 무령강전을 발사할 수 있지만 비룡, 해룡, 진검대 검사들은 한 번에 두 발까지 발사하는 훈련을 했다.

그렇지만 지금은 정확하게 적들을 맞히기 위해서 한 발만 발사했다.

무령강전은 포물선을 그리면서 날아가는 일반 화살하고는 차원이 다르다.

일직선으로 곧장 날아가는 데다 일반 화살보다 세 배 빠르고 바위에도 꽂히는 극강화살이다.

황산파 고수들이 분분히 검을 뽑아 무령강전을 쳐내고 또 피하기도 했으나 쉽지 않았다.

퍼퍼퍼퍼퍼퍽!

"허윽!"

"큭!"

둔탁한 음향과 답답한 신음 소리가 허공에 울려 퍼졌다.

백이십 발의 무령강전은 한꺼번에 칠십여 명에게 적중되어 거꾸러뜨렸다.

무령강전이 얼마나 강력한지 그들 칠십여 명의 몸을 여지없이 관통하든가 아니면 육중한 몸뚱이를 허공으로 지푸라기처럼 날려 버렸다.

백이십 명의 검사들이 발사한 무령강전은 실패가 없기 때문에 적을 백이십 명은 죽여야 하지만 칠십여 명만 죽이게 된 이유는 간단하다.

사전에 적 누구를 죽이겠다고 약속하지 않았기 때문에 서로 표적이 겹쳤기 때문이다.

그래서 재수 없는 적은 두 발, 심지어 세 발까지 무령강전에 꽂히기도 했다.

처절한 비명 소리와 짓이기는 신음 소리가 난무할 때 화운룡 등은 천외신계 정예고수들에게 들이닥쳤다.

쐐애액!

쉬이익!

천외신계 오십 명의 정예고수들은 물러서거나 피하지 않고 재빨리 무기를 뽑아 반격을 개시했다. 그것만 봐도 그들이 천외신계 정예고수라는 사실이 명백하다.

스퍼퍼어억!

"커흑!"

"와악!"

최초의 공격에 천외신계 정예고수 여덟 명이 피를 뿌리면서 쓰러졌다.

명림이 화운룡과 보진보다 공력이 오 년 높지만 천하에 모르는 초식이 없으며 실전 경험이 풍부한 화운룡에게는 비할 바가 못 된다.

콰차차차창!

신풍개와 혜성신니 등이 공격하는 곳에서 무기끼리 부딪치는 소리가 터져 나왔다.

무기끼리 서로 부딪친다는 것은 신풍개 등의 실력이 천외신계 정예고수들을 압도하지 못했다는 증거다. 실력 차이가 크게 나면 무기끼리 부딪치는 일 따윈 생기지 않는다.

하지만 화운룡과 명림, 연림, 십사룡신들은 적들이 부딪쳐 오는 무기를 피해서 그들의 급소에 도검과 창, 채찍을 깊숙이 꽂고 베었다.

“흐악!”

“크악!”

바야흐로 돌계단 위 전각 앞 너른 장소에서 치열한 싸움이 벌어졌다.

화운룡은 초식 같은 것은 전개하지 않고 그저 신들린 듯이 무황검을 번뜩였다.

그는 피하지도 않고 주위의 천외신계 고수들을 정확하게 급소만 찌르고 베어 죽였다.

명림은 전후좌우로 두 손을 휘둘러 연속적으로 항룡강을 뿜어내며 잠깐 사이에 십여 명의 적을 묵사발로 만들었다.

명림의 위력은 예상했던 것보다 훨씬 고강했으며 실전에서 눈부시게 빛을 발했다.

항룡강에 적중된 적들은 머리고 가슴이고 박살 나 으깨어지면서 지푸라기처럼 허공으로 날아가는데 하나같이 비명조차 지르지 못했다. 비명을 지를 겨를이 없었기 때문이다.

연림은 아직 숙달되지 않은 비룡운검보다는 자신의 가문의 검법으로 공격했다.

화운룡과 비교할 수는 없지만 연림의 공력이 백오십 년이라서 어떤 초식을 펼치든지 적들보다 빠르고 강했다.

연림은 화운룡 곁에 바짝 붙어서 싸우고 있는데, 화운룡의 엄청난 무위에 주춤거리면서 밀리고 있는 적들을 골라 죽이기 때문에 한결 손쉬웠다.

장하문을 비롯한 십사룡신은 말 그대로 태풍처럼 적들을 휩쓸며 거침없이 주살했다.

같은 무기를 사용하는 용신끼리 조를 짠 것이나 둘이서 반드시 적 두 명을 상대하는 작전이 제대로 적중했다.

천외신계 정예고수라고 해도 용신과 비교하면 턱없이 하수인데 용신 두 명이 적 두 명씩만을 골라서 공격하니까 애당초 상대가 되지 않았다.

신풍개와 혜성신니를 비롯한 다섯 명은 어쩌다 보니까 처음에 목적한 세 명이 아니라 다섯 명의 적들과 싸우게 되어 조금 우세하기는 하지만 금세 적들을 죽일 정도는 아니었다.

비룡, 해룡, 진검대 검사 백이십 명은 무령강전을 쉴 새 없이 연달아서 세 발씩 발사한 후에 적들을 향해 돌진하면서 무기를 뽑아 접근전을 시도하려고 했다.

그런데 검사 백이십 명이 세 발씩 발사한 무령강전에 황산파 고수가 백칠십여 명이나 죽거나 중상을 입어서 쓰러졌다.

더구나 싸우기 전에 장하문이 외친 말 때문에 황산파의 의인 백여 명 정도가 무령강전의 사정권 밖으로 물러나서 목숨을 건졌다.

그런데 그들이 황산파의 나머지 잔당 칠십여 명을 포위한 상황에 비룡, 해룡, 진검대 검사들이 들이닥쳤다.

황산파의 의인 백여 명이 무기를 움켜쥐고 달려오는 비룡은월문 검사들에게 분분히 외쳤다.

"우린 천외신계에 저항하는 사람들이오!"

"우린 적이 아니오! 공격하지 마시오!"

결국 이변은 일어나지 않고 싸움이 끝났다.

황산파의 깨끗한 패배다.

화운룡을 비롯하여 비룡은월문의 사람들 중에서 죽는 것은 고사하고 다친 사람조차 한 명도 생기지 않았다.

돌계단 위에 있던 자들은 정보를 알아내기 위해서 천외신계 정예고수 한 명만을 남기고 다 죽였다.

그리고 마당의 싸움은 비룡, 해룡, 진검대 검사들이 세 발씩 발사한 무령강전만으로 어이없게 끝났다.

황산파 잔당 칠십여 명은 싸움을 포기하고 무기를 버리고는 모두 무릎을 꿇었다.

문주를 비롯한 간부급들과 천외신계 정예고수 오십 명, 그리고 다른 동료들이 떼죽음을 당한 마당에 자신들만으로 어찌해 볼 수 없다고 깨달은 것이다.

명림이 항룡강으로 황산파 전문을 박살 낸 지 불과 반시진 만에 일방적인 싸움이 끝났다.

그것은 싸움이 아니라 비룡은월문의 일방적인 토벌이었다.

비룡은월문은 황산파마저도 반시진 만에 멸문시킬 정도로 막강한 문파가 되었다.

황산파 넓은 대전에 화운룡 일행과 황산파의 의인이라고 자처하는 사람 백여 명, 정확하게 백삼 명이 모여 있다.

화운룡과 보진, 장하문을 제외한 십삼룡신이 의인 백여 명의 목 뒤에 녹성문이나 그 외 천외신계 족속을 나타내는 성문(星紋)이 있는지 일일이 확인했다.

목 뒤에 녹성문이나 성문이 있다면 천외신계 족속이라는 분명한 증거다.

자신들이 황산파의 의인들이라고 자처하지만 그 속에 천외신계 족속이 섞여 있을지 모른다.

확인 결과 의인 백삼 명 중에 천외신계 족속은 한 명도 나오지 않았다.

하기야 천외신계 족속이라면 평소에도 황산파 고수들에게 명령을 내리는 신분이었을 것이고 의인들에게는 원수 같은 존재일 테니까, 얼굴을 다 알고 있는 처지에 의인입네 하고 그들 속에 섞여 있는 것 자체가 어불성설이다.

장하문이 최종적으로 정리해서 보고했다.

"황산파에 천외신계 족속은 모두 육십이 명이었습니다."

예상했던 것보다 훨씬 많은 수다. 아무래도 돌계단 위에 있던 오십 명의 천외신계 정예고수들 때문일 것이다.

모산파나 사해검문에는 천외신계 녹성고수들은 있었지만 정예고수들은 없었다.

황산파가 이 지역 전체를 통제하기 때문에 정예고수가 오십 명이나 있었던 것 같다.

화운룡은 대전의 의자에 앉아 있었으며 천옥보갑에서 나온 보진과 명림, 연림이 좌우에 서 있고, 십사룡신과 신풍개, 혜성신니 등이 양쪽에서 서로 마주 보는 자세로 서 있었다.

장하문은 등 뒤에 모여 있는 황산파의 의인 백삼 명을 등지고 보고를 계속했다.

"주군께서 천외신계 정예고수라고 추측하셨던 오십 명 전원은 녹성고수였습니다."

"일녹성(一綠星)인가?"

"그렇습니다."

녹성고수들은 목 뒤에 녹성문이 하나 있으면 그냥 녹성고수라고 부르는데, 녹성문이 하나였느냐고 확인하는 차원에서 '일녹성'이냐고 물은 것이다.

화운룡은 가볍게 미간을 좁혔다.

"음, 일녹성이라는 말이지?"

그는 '일녹성'이라는 말을 한 번 더 했다. 그만큼 이 일이 중요하기 때문이다.

"그렇습니다."

장하문은 화운룡이 무엇 때문에 미간을 좁히고 심각한 표정을 짓는지 잘 안다.

녹성고수들하고는 그동안 많이 싸워봤기 때문에 무공이 어느 정도인지 잘 알고 있다.

그런데 아까 돌계단 위에 있었던 천외신계 오십 명은 녹성고수보다 최소한 두 배 반 이상 고강했다. 그런데 그들이 일녹성 녹성고수라니 무언가 이상했다.

"그것에 대해서는 나중에 말씀드리겠습니다."

"알겠네."

제압한 한 명의 천외신계 정예고수에게서 장하문이 무언가를 알아냈는데 많은 사람들이 있는 곳에서는 말하기가 곤란하다는 뜻이다.

신풍개와 혜성신니 등은 한쪽에 서서 화운룡을 쳐다보며 아까부터 줄곧 품고 있는 그에 대한 무한한 신뢰와 솟구치는 존경심을 금하지 못했다.

화운룡의 외모는 이십 세 약관의 나이에 불과하지만 신풍개 등은 절대로 그를 젊은 청년으로 여기지 않았다.

물론 화운룡이 이십 세 젊은 청년이라는 사실을 믿지 못하는 것이 아니다.

다만 그의 끝 간 데 없이 어마어마한 능력과 통찰력, 풍부한 경험, 박식함, 자비심, 공명정대함 등의 대인의 풍모를 존경할 수밖에 없는 것이다.

신풍개와 혜성신니 등은 이날까지 살아오면서 화운룡 같은 영웅이며 대인을 한 번도 만난 적이 없었다. 아니, 그런 사람이 있다는 소문조차 들은 적이 없었다.

"황산파 문주와 총교 옆에 있던 두 명이 천외신계 삼녹성고수와 양녹성고수였는데 주군께서 주살하셨습니다."

화운룡과 명림, 연림이 문주를 비롯한 네 명을 죽였는데 그들 중에 삼녹성과 양녹성고수가 있었을 줄은 몰랐다.

그 두 명이 아무리 삼녹성, 양녹성고수라고 해도 화운룡과 명림, 연림의 공격에서 살아날 가능성은 전무하다.

장하문이 황산파의 의인 백삼 명을 화운룡 앞으로 가까이 모이라고 지시했다.

"주군의 말씀이 계실 것이오."

황산파 의인들은 하나같이 들뜨고 흥분한 얼굴로 화운룡을 바라보았다.

그들은 이곳 대전에 들어온 이후에야 비로소 화운룡이 누군지 알아보았다.

그를 직접 본 사람은 한 명도 없지만 그에 대한 소문은 귀가 따가울 정도로 들었기 때문이다.

화운룡이 의자에 앉은 채 조용히 말문을 열었다.

"나는 태주현 비룡은월문의 문주 화운룡이오."

화운룡이 신분을 밝히자 황산파 의인들은 자신들의 짐작이 맞았다는 듯 낮은 환호성을 지르며 기뻐했다.

"우린 문주를 알고 있습니다!"

"조금 전에 문주를 보는 순간 비룡공자(飛龍公子)라는 사실을 한눈에 알아봤습니다!"

"비룡공자?"

화운룡은 물론이고 용신들 모두 의아한 표정을 지었다.

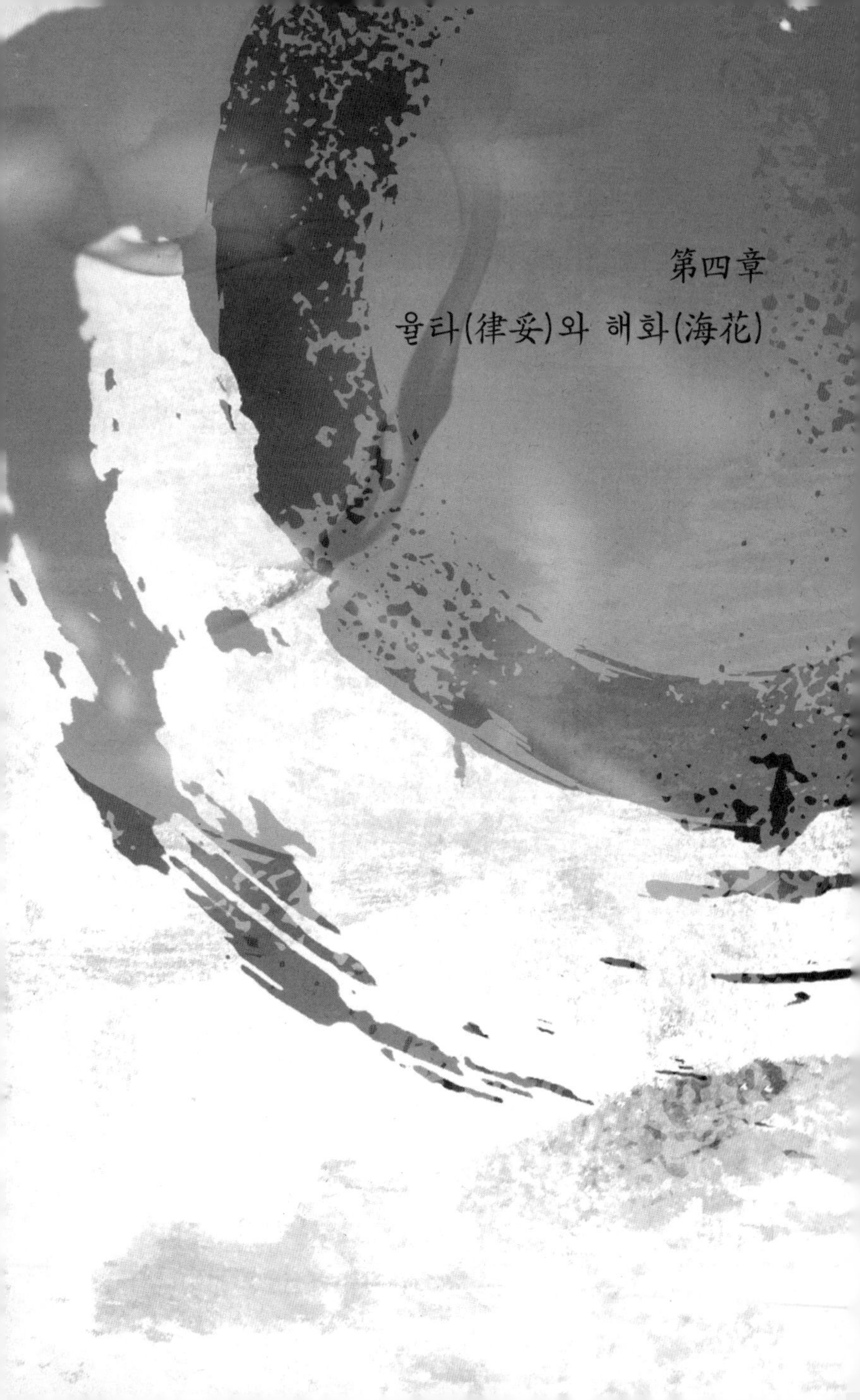

第四章

율타(律妥)와 해화(海花)

비룡은월문에서는 천지당 외당이 태주현을 중심으로 인근 삼백 리 일대의 모든 정보와 소문을 매일 집중적으로 수집하고, 천하와 무림에 대해서는 떠돌고 있는 소문 정도를 수집하고 분석해서 장하문에게 보고하고 있다.

현재 강소성 남쪽 지방을 떠들썩하게 만들고 있는 것은 세력이 막강해진 비룡은월문이 춘추십패에 올라야 한다든가, 조만간 오를 것이라는 비등한 소문이다.

춘추구패를 만든 것이 무림의 소문이었으므로 비룡은월문을 춘추십패로 만드는 것 또한 소문일 것이다.

그리고 그 소문을 강소성 남쪽 지방만이 아닌 무림 전체가 당연하게 인정하게 될 때 비룡은월문은 비로소 춘추십패가 되는 것이다.

어쨌든 비룡은월문으로써는 그런 소문이 만연하다는 사실에 대해서는 잘 알고 있었지만 화운룡이 비룡공자로 불리고 있다는 소문은 들어본 적이 없었다.

의인들의 앞쪽에 서 있는 한 명이 화운룡에게 공손히 포권을 해 보였다.

"저는 황산파 현검전주(玄劍殿主) 나순달(羅淳達)입니다. 문주께 한 말씀 올리겠습니다."

화운룡이 가볍게 고개를 끄떡이자 나순달이 말을 이었다.

"근래에 강소성과 안휘성 남쪽 지방에서 떠도는 소문들의 거의 대부분은 비룡은월문이 춘추십패에 올라야 된다는 것과 문주에 대한 것들입니다."

그는 숨을 고르고 계속 말을 이었다.

"문주께서 직접 진두지휘하여 사해검문과 모산파, 숭무문을 비롯한 여러 방파와 문파들, 그리고 멀리 제남의 패자인 은한천궁까지 휘하에 거느리게 되셨다는 내용들인데, 우리 황산문도들은 문주께서 그 문파들을 장악하고 있던 천외신계 족속들을 모조리 제거하시고 그들 방파와 문파의 남아 있는 문도들을 거두었다는 사실을 짐작하고 있습니다."

강소성 남쪽 지방을 떠들썩하게 만든 소문이 이제는 안휘성 남쪽 지방까지 퍼지고 있다는 얘기다.

장차 이 소문이 무림 전체로 퍼지게 된다면 비룡은월문이 춘추십패에 오르는 일이 가능할 터이다.

하지만 비룡은월문이 무림오대세가 중에 하나인 호북연세가의 생존자들을 구하고 또 그들을 휘하에 두었다는 사실은 아직 외부에 알려지지 않았다.

만약 그 일까지 외부에 알려진다면 비룡은월문의 위상은 한층 더 빛을 발하면서 격상될 것이 분명하다.

"또한 요 며칠 사이에 갑자기 생겨난 소문들 중에 하나가 모두들 문주를 비룡공자라고 부른다는 것입니다. 혹자는 문주를 비룡천자(飛龍天子)라고 부르기도 하지만 비룡공자가 압도적입니다."

비룡은월문의 젊은 문주이므로 비룡공자라는 것이고, 태주현을 중심으로 한 이 지역의 천자(天子)나 다름이 없는 존재라는 뜻에서 비룡천자라고 부르는 것일 터이다.

화운룡은 비룡공자라는 별호가 썩 마음에 들었다. 십절무황이나 무적검신에는 훨씬 못 미치는 별호지만 비룡은월문 문주의 별호로써는 제격이다.

화운룡은 무엇보다도 '공자'라는 부분이 마음에 들었다. 그것은 그가 젊다는 의미이기 때문이다.

팔십사 세를 살다가 온 그를 공자라고 불러준다는 것이 얼마나 고마운 일인가.

장하문과 명림, 벽상 등 그가 십절무황이라는 사실을 알고 있는 사람들은 그의 흡족한 마음을 짐작하고는 빙그레 미소를 지었다.

나순달은 공손한 표정과 자세를 취했다.

"본 파의 천외신계 일당을 없애주신 은혜에 대하여는 문주께 우리 모두 죽을 때까지 종이 돼서라도 갚을 각오입니다. 현세에 갚지 못한다면 내세에서라도 은혜를 갚을 것입니다."

나순달과 백이 명의 얼굴에 결연한 표정이 역력했다.

나순달은 제 딴에는 조리 있게 설명하느라 애썼다.

"본래 우리는 본 파의 지도부가 정체를 알 수 없는 괴이한 세력에 장악됐다는 사실을 깨달았지만 그들을 물리치는 것은 도저히 역부족이어서 숨죽인 채 때를 기다리고 있었습니다. 그러고는 이후 꽤 오랜 세월이 지나서야 괴세력이 천외신계라는 사실을 겨우 알게 되었습니다."

나순달은 간곡한 표정을 지으며 허리를 굽혔다.

"비록 문주께서 본 파의 천외신계 족속들을 제거하셨지만 우리들만으로 황산파를 유지하거나 예전의 명성을 되찾는 것은 불가능합니다. 그러니 부디 문주께서 갈 곳 없는 우리들을 거두어주시기 바랍니다."

현검전주 나순달이라는 인물이 황산파 의인 백삼 명 중에서 신분이 가장 높은 듯했다.

그의 말대로 백삼 명만으로 명문인 황산파를 이끌고 재건하는 일은 불가능에 가깝다.

더구나 이대로 이들을 놔두고 간다면 천외신계가 결코 황산파를 가만히 놔두지 않을 테니 화운룡이 애써 황산파의 천외신계를 제거한 의미마저 퇴색해 버릴 터이다.

화운룡은 사해검문이나 모산파처럼 황산파도 스스로 지킬 힘을 기를 때까지 거둘 수밖에 없다고 판단했다.

그는 가볍게 고개를 끄떡였다.

"그대들을 거두겠다."

그의 말이 떨어지자 나순달을 비롯한 백삼 명은 환한 표정을 짓더니 잠시 후에는 일제히 그 자리에 무릎을 꿇고 부복하면서 외쳤다.

"충성을 다하겠습니다! 문주!"

이렇게 해서 화운룡의 비룡은월문은 또다시 황산파를 품에 안게 되었다.

*　　　　*　　　　*

한때 안휘성 남쪽 지방에서 최고의 전성기를 누렸던 황산파였지만 지금은 기르던 개 한 마리조차 남지 않은 텅 빈 폐허가 되었다.

하늘에서는 비가 추적추적 내리고 있다.

쏴아아…….

이곳은 남쪽 지방이라서 한겨울인데도 눈 대신 비가 온다.

을씨년스러운 황산파 텅 빈 돌계단 위에 언제부터인가 두 사람이 서 있다.

한 명은 키가 매우 크고 훤칠한 흑의 경장 차림의 청년이고, 다른 한 명은 붉은색 바람막이 피풍의를 걸치고 있으며 얇은 면사로 얼굴을 가린 모습인데 체구가 날씬한 것으로 봐서 여자인 듯했다.

두 사람은 삭풍이 휘몰아치는 한겨울 추운 날씨인데도 얇은 경장 차림과 피풍의만을 걸친 모습인 것으로 보아 무림인인 것 같았다.

그때 어디선가 공손한 목소리가 들렸다.

"샅샅이 찾아봤지만 황산파 내에는 아무것도 남아 있지 않습니다."

청년이 돌계단 위에서 넓은 마당을 응시하며 중얼거리듯이 물었다.

"어떻게 된 것이냐?"

"송구합니다만 지금으로썬 모르겠습니다. 어떠한 흔적도 남아 있지 않습니다."

매우 준수한 용모에 이십오륙 세 정도의 청년은 심기가 불편한 듯 짙은 눈썹을 살짝 치떴다.

"그래?"

"비… 까지 오는 터라서 모든 흔적들이 깨끗이 씻겨 나갔습니다. 그래서……."

"남성동사호(藍星東四號)."

청년의 입에서 어떤 호칭이 흘러나왔다.

"넵!"

허공에서 말하던 인물이 청년의 부름에 우렁차게 대답함과 동시에 갑자기 두 사람의 면전에 나타났다.

스으으…….

그자는 처음부터 두 사람 면전에 무릎을 꿇고 부복하고 있었던 것처럼 고개를 조아리고 있다.

남의 장삼을 입은 그자는 이마를 바닥에 댄 채 비를 고스란히 맞으면서 읊조렸다.

"남성동사호, 두 분 천황 제자(天皇弟子)님을 뵈옵니다."

그런데 남성동사호 머리 앞 석 자 거리에 있는 두 사람의 발은 놀랍게도 바닥에서 반 자 정도 허공에 떠 있었다.

그뿐이 아니라 비가 줄기차게 쏟아지고 있는데도 두 사람은 조금도 젖지 않은 모습이다.

소나기에 가까울 만큼 세차게 내리는 비가 두 사람의 몸 한 자 밖에서 퉁기면서 한 방울도 스며들지 않고 있다.

그것은 마치 보이지 않는 투명한 막이 두 사람 주위에 쳐져서 빗방울이 들이치지 않는 것 같았다.

사실 그것은 호신막(護身幕)이며, 특별한 경우에 잠시 동안 발휘하는 것이 아니라 지금처럼 상시 발휘하고 있으려면 최소한 삼 갑자 이상의 공력이 있어야지만 가능하다.

그렇다면 이 두 사람의 공력은 최소한 삼 갑자 이상, 사 갑자나 오 갑자일 수도 있다는 의미다.

그런데 방금 남성동사호라는 인물은 두 사람을 '천황 제자'라고 호칭했다.

이들은 모두 천외신계 사람들이며 그곳에서 '천황'이라는 호칭을 사용할 수 있는 부류는 오로지 천황족뿐이다.

천외신계의 최고 지엄한 존재인 천여황과 그의 제자들, 그리고 좌우호법 일족을 통틀어서 천황족이라고 한다.

남성동사호가 이 두 사람을 '천황 제자' 다시 말해서 '제자'라고 불렀으므로 이들은 천여황의 제자인 것이다.

무공 실력을 떠나서 서열만으로 따진다면 이 두 사람은 천외신계 천여황 바로 아래 이 위(二位)다. 그리고 좌우호법이 삼위(三位)다.

놀랍게도 천외신계 서열 이 위가 두 명씩이나 황산파에 출

현한 것이다.

"네가 황산파를 비운 시간이 얼마나 되느냐?"

청년이 물었다.

그 옆에 나란히 서 있는 피풍의에 연분홍의 얇은 면사를 쓴 사람은 한마디도 하지 않았다.

남성동사호 즉, 천외신계 남성족(藍星族)의 동(東)사호는 돌바닥 속으로 파고들어 갈 것처럼 고개를 더욱 조아렸다.

"하루 반나절입니다."

남성동사호는 녹성보다 삼 등급이나 더 높으며 금성에서 녹성에 이르는 색성칠위 중에서 사 위에 해당한다.

또한 지금 부복하고 있는 남성동사호는 안휘성과 강소성 남쪽 지방을 총괄하는 책임자다. 즉, 황산파에 나와 있는 천외신계 최고위급이라는 얘기다.

흑의 청년은 가볍게 고개를 끄떡였다.

"흠, 그렇다면 하루 반나절 사이에 황산파 사백여 명이 감쪽같이 증발했다는 것이로군."

"황송합니다."

"황산파에는 누가 있었느냐?"

"녹정(綠精)과 녹사(綠士)가 한 명씩, 그리고 녹투정수(綠鬪精手) 오십 명이 있었습니다."

녹정은 삼녹성고수, 녹사는 양녹성고수이며 천외신계에서

부르는 호칭이다.

그리고 녹투정수란 천외신계의 녹성족으로만 이루어진 정예고수를 가리킨다.

청년은 뒷짐을 진 채 비 오는 허공을 응시했다.

"너는 남창(南昌)으로 우리 두 사람을 마중 나오면서 수하들을 데리고 왔었느냐?"

며칠 전까지 이들 두 명은 강서성의 성도인 남창에 머물고 있었다.

"그렇습니다. 수하 열 명을 데리고 갔습니다."

"그들은 너의 측근들이겠지?"

"황성(黃星) 셋과 백성(白星) 일곱입니다."

청년은 고개를 끄떡였다.

"가장 고강한 너희 열한 명이 자리를 비운 탓에 황산파가 외부의 공격에 당한 것 같다."

청년은 황산파의 문도 전원이 사라진 것을 황산파가 괴멸된 것으로 단정했다.

"율타(律妥) 사형, 그게 아니에요."

그때 피풍의를 두르고 연분홍 면사로 얼굴을 가린 사람이 말하는데 음색이 고운 여자 목소리다.

청년 율타는 지금까지의 위엄 있는 표정을 버리고 다정한 모습으로 여자를 쳐다보았다.

"해화(海花), 그게 무슨 뜻이지?"

"이곳에 녹투정수 오십 명이 있었다고 했잖아요?"

"그랬지."

"녹투정수 오십 명이라면 남성동사호와 황성, 백성 일곱 명을 합친 것보다 고강하다고 할 수 있어요. 녹투정수는 녹성족의 정예니까요."

"그거야 당연하지."

"외부 세력이 황산파를 공격해서 녹투정수 오십 명과 황산파 고수들을 모두 죽였을 정도라면, 이들 남성동사호와 황성, 백성 등 열한 명이 황산파에 있었다고 해도 크게 달라진 게 없었을 것이라는 얘기예요."

율타는 환한 표정으로 고개를 끄떡였다.

"과연 그렇군. 해화의 말이 옳아. 사매는 언제나 총명하고 설명을 참 잘하는군."

부복한 남성동사호는 속으로 안도의 한숨을 내쉬었다.

이번에는 해화가 남성동사호에게 물었다.

"당신은 누가 황산파를 몰살시켰는지에 대해서 짐작 가는 것이 있나요?"

그녀는 발가락에 낀 때만도 못한 존재인 남성동사호에게 자늑자늑한 목소리로 존대를 했다.

"속하의 소견으로 비룡은월문의 소행이라고 사료됩니다."

"비룡은월문은 어떤 문파인가요?"

남성동사호는 자신이 알고 있는 비룡은월문에 대해서 간략하고도 상세하게 설명했다.

"그놈들 짓이로군."

설명을 듣고 난 율타가 고개를 끄떡였다.

그가 무슨 말을 하려는 것을 해화가 손을 뻗어 그의 팔을 살짝 잡아 만류했다.

"비찰림 어디에 있나요?"

그녀의 말이 떨어지기 무섭게 남성동사호 옆에 어느새 한 명의 흑삼인이 부복을 하고 있다.

"속하 비찰림 휘하 제팔로주(第八路主)가 천황 제자님의 명을 받듭니다."

천외신계의 개방이라고 할 수 있는 비찰림에는 총 십삼 개의 로(路)가 있으며, 제팔로는 황산파를 중심으로 오백여 리 이내를 관할하고 있다.

해화는 파란 눈으로 비찰팔로주를 굽어보며 명령했다.

"누가 황산파를 대체 어떻게 한 것인지 상세히 알아내세요."

"명을 받듭니다."

"두 사람은 물러가세요."

비찰팔로주와 남성동사호는 그 자리에서 스으으… 하고 연기처럼 사라졌다.

율타는 여전히 자신의 팔을 잡고 있는 해화의 눈처럼 희디흰 손을 보며 흐뭇한 미소를 지었다.

"해화는 폐허가 된 황산파에서 묵고 싶지 않겠지?"

율타는 사매 해화가 자신의 팔을 잡고 있다는 사실에 천하를 다 가진 것 같은 행복을 느꼈다.

율타는 해화를 몹시 사랑하고 있어서 그녀가 원하는 것이라면 자신의 간이라도 꺼내 줄 수가 있을 정도다.

"어차피 우린 사부님 명으로 본 계의 상황을 둘러보러 무림에 나온 곳이니까 머무는 곳이 굳이 황산파가 아니더라도 상관없어요."

"내가 해화 사매를 근사한 곳으로 모시겠어."

"비룡은월문이 있다는 곳으로 가요."

율타는 단 한 번도 해화의 말을 거스른 적이 없었다.

"그러지."

삐이익~

율타가 입술을 오므려서 길게 휘파람을 불자 어디선가 두 필의 준마가 나는 듯이 달려와 돌계단 아래에 멈추었다.

잡티 한 올 없는 흑마와 백마다.

두 사람은 훌쩍 몸을 날려서 율타는 흑마에, 해화는 백마에 사뿐히 내려앉아 전문을 향해 달려갔다.

*　　*　　*

화운룡은 황산파의 의인 백삼 명으로 제구검대(第九劍隊)를 만들고 검대명을 의검대(義劍隊)라고 지었으며, 의검대주는 나순달을 임명했다.

그들 백삼 명이 황산파의 마지막 의인들이기에 의검대라고 명명한 것이다.

호북연세가 소가주 연림이 화운룡에게 일대일 독대(獨對)를 신청했다.

화운룡은 그렇지 않아도 연림이 자신을 용신에 넣어달라고 간청했던 일에 대해서 대답을 해주려고 그녀를 부르려 했는데 잘됐다는 생각이 들었다.

화운룡의 서재에 두 사람이 마주 앉자 연림이 차분하고도 분명한 표정으로 말문을 열었다.

"저의 가문 생존자 백칠십오 명과 깊이 의논한 결과에 대해서 말씀드리고 싶어요."

그녀는 세상에서 화운룡을 가장 존경하게 되었지만 그렇다고 해서 할 말은 하고야 마는 똑 부러지는 성격이 어디 가지는 않았다.

그녀는 키가 매우 크며 늘씬하면서도 육감적인 몸매에 모든 것이 크고 길며 시원시원하게 생겼다.

눈도 크고 코도 뾰족하며 입술도 두툼하고 팔이나 다리도 다른 여자에 비해서 매우 긴 편이어서 그녀를 보고 있으면 이상하게 마음이 편안해진다.

"저희들은 가문을 부흥하는 것이 저희들 생애에서는 불가능하다는 판단을 내렸습니다."

화운룡이 생각하기에도 그들은 옳은 판단을 한 것 같다.

연림은 자신이 한 말에 대해서 화운룡이 어떤 반응을 보일지 기대하면서 잠시 기다렸으나 그는 차를 마시면서 묵묵히 듣기만 했다.

"그래서 저희들 모두는 이제부터 비룡은월문 휘하에 들기로 결정했습니다."

연림은 자신을 비롯한 호북연세가 백칠십육 명이 허심탄회하게 상의를 한 결과를 부탁으로 이어서 말했다.

"저를 용신으로, 그리고 저희들 중에서 가장 고강한 대사형을 새로 생길 검대의 대주로 임명해 주세요."

화운룡은 조용히 말했다.

"그가 검대주의 재목인지 시험해 보겠다."

아무나 검대주를 시킬 수는 없는 일이다.

쉬이익! 슂! 쉬익!

운룡재 실내 연무장에서 여러 사람이 지켜보는 가운데 한 청년이 혼자서 검초식을 전개하고 있다.

삼십이 세의 청년이 전개하고 있는 검초식은 호북연세가의 성명검법인 선풍검법(旋風劍法)이다.

연림의 아버지인 호북연세가의 가주 선풍대협(旋風大俠) 연종화(連鐘華)에겐 다섯 명의 제자가 있으며 지금 선풍검법을 전개하고 있는 청년이 대제자인 태도현(太到賢)이다.

연림은 아버지 연종화가 자식들과 제자들, 생존자들을 도주시키기 위해서 끝까지 호북연세가에 남아 천외신계 고수들과 치열하게 싸우는 모습을 마지막으로 보고 피눈물을 흘리면서 도주했다.

한쪽에서는 화운룡과 장하문, 명림, 연림이 태도현의 검법 시연을 지켜보고 있다.

이윽고 태도현은 반각여에 걸친 검초식 전개를 그치고 가쁜 숨을 몰아쉬며 화운룡에게 정중히 포권을 해 보였다.

태도현은 땀이 흐르고 붉게 상기된 얼굴인데 자신의 실력을 다 보여주지 못한 것 같아서 아쉬운 표정을 지었다. 이런 긴장된 상황에 처한 사람치고 자신의 실력을 십분 발휘했다면 그게 오히려 이상한 일이다.

화운룡은 연림의 부탁 즉, 태도현을 새로 결성할 검대의 대주로 삼아달라는 연림의 말을 듣고, 그의 무공 실력과 자질을 시험해 보기 위해 그에게 검초식을 전개해 보라고 시켰다.

지켜본 결과 태도현의 전체적인 평가는 중상 정도다.

선풍검법에 대한 이해력은 탁월한 반면에 응용력이 떨어져서 지나치게 솔직한 검법만을 구사했다.

하지만 그것은 앞으로 고치면 되고 단점보다는 장점이 더 크다고 할 수 있다.

그의 좋은 점은 초식을 구사하는 데 적절한 힘이 실렸으며 빠름과 부드러움이 잘 조합되어 있다는 것으로, 칭찬할 만했다.

방금 시범을 마친 태도현은 땀을 뻘뻘 흘리면서도 긴장된 표정으로 화운룡의 반응을 살폈다.

화운룡은 가볍게 고개를 끄떡였다.

"썩 좋은 움직임이었다."

태도현의 입술이 바싹 말랐다.

"너를 대주로 임명하겠다."

순간 태도현은 물론이고 지켜보고 있던 연림의 얼굴에 파도처럼 기쁨이 물결쳤다.

"감사합니다! 문주!"

태도현이 깊숙이 허리를 굽히자 장하문이 지적했다.

"주군이시다."

태도현은 즉시 무릎을 꿇고 이마를 바닥에 댔다.

쿵!

"주군!"

연림이 재빨리 달려와서 태도현 옆에 나란히 부복했다.

"주군!"

그녀의 또 하나의 부탁, 즉 용신에 들게 해달라는 것에 대해서 미리 선수를 치는 것이다.

그러나 화운룡은 가타부타 별다른 말없이 몸을 돌려 연무장 입구로 걸어가고 장하문과 명림이 뒤를 따랐다.

발자국 소리에 연림과 태도현은 동시에 고개를 들고 벌써 입구에 이른 화운룡의 뒷모습을 쳐다보았다.

태도현이 벌떡 일어나서 급히 화운룡을 뒤쫓았다. 그는 방금 화운룡으로부터 대주에 임명됐기 때문에 주군을 뒤따르는 것이 당연하다.

혼자 남은 연림은 어떻게 해야 하는지 잠시 망설였다. 그녀가 조금 전에 화운룡 앞에 부복하면서 '주군'이라고 외쳤는데도 그는 아무 반응이 없었다.

태도현을 대주에 임명하겠다고 말했으면서 연림에겐 아무런 말이 없다는 것은 그녀가 용신의 일원이 되는 것을 허락하지 않는다는 뜻인 것 같았다.

하긴 용신들이 어떤 존재인가. 연림이 그동안 지내면서 알게 된 바에 의하면 용신들은 하나같이 화운룡과 각별한 인연을 맺은 사람들이었다.

어북하면 화운룡 자신이 용신의 한 명이겠는가. 그것은 모든 용신들이 화운룡과 동격이며 그들을 화운룡 자신의 분신처럼 여긴다는 뜻에 다름 아닐 터이다.

그런데 외부에서 굴러들어온 돌인 연림이 화운룡하고 별다른 인연 따위도 없으면서 언감생심 용신이 되겠다고 설레발을 피우고 있으니, 이제 와서 그녀 스스로 돌이켜 생각해 보니까 정말이지 꿈이 야무졌다.

연림은 수천 리 길을 도주하면서 중상을 입은 몸으로 호북 연세가의 생존자 백칠십오 명과 함께 화운룡에게 큰 은혜를 입었다.

이후 화운룡이 치료를 해주고 또 생사현관까지 타통해 주어 고작 오십 년이었던 공력이 무려 세 배인 백오십 년으로 급증하는 크나큰 은혜를 또 입었다.

뿐만 아니라 이날까지 불치병이나 다름이 없는 천음절맥으로 갖은 고생을 다 했었는데 화운룡이 생사현관을 타통하면서 깨끗이 치유해 주었다.

화운룡이 연림을 치료하고 또 생사현관 타통을 위해 추궁과혈수법을 전개하는 과정에서 그녀는 자신도 모르는 사이에 자신이 화운룡과 매우 가까운 사이가 되었다고 착각했다. 그래서 용신이 되게 해달라고 부탁을 했던 것이다.

그러나 이제 냉정한 마음으로 돌이켜 생각해 보니까 그녀는 그저 굴러온 돌, 아니, 화운룡에게 평생 갚지 못할 엄청난 은혜를 입은 그저 철모르는 계집아이일 뿐이었다.

그것도 모르고 지난 며칠 동안 세상을 다 가진 것처럼 천방지축 나댔었다는 사실을 이제라도 깨달았으니 그나마 천만다행이다.

그런 깨달음이 없었다면 여전히 똥인지 된장인지 모른 채 화운룡을 쫓아다니면서 귀찮게 할 것이 아니겠는가.

연림은 아무도 없는 텅 빈 연무장에 무릎을 꿇은 채 고개를 푹 숙이고 한참이나 있었다.

운설이 가족과 혈영단 전체인 혈영살수 백육 명을 이끌고 비룡은월문에 도착했다.

용황락 내 뒤편에 자리 잡고 있는 가장 큰 이 층 전각의 이름은 무황전(武皇殿)이다.

장하문이 화운룡의 미래의 별호인 십절무황에서 전각 이름을 따왔다.

무황전은 아래층에는 두 개의 거대한 연무장이 있으며 이 층에는 삼십 개의 소연무장과 연공실이 있다.

지금 아래층 대연무장에 운설과 그녀의 가족, 혈영살수 백육 명이 모여 있다.

도열해 있는 운설과 혈영살수들 앞쪽에는 화운룡이, 좌우에 장하문, 명림이 서 있다.

줄을 맞춰서 도열해 있는 혈영살수 백육 명은 눈동자조차 굴리지 않을 정도로 움직이지 않는 것은 물론이고 숨소리조차 들리지 않았다. 과연 혈영살수라는 명성답다.

앞쪽에 운설과 그녀의 딸 세 살 은비와 모친 빙마마가 나란히 서 있다.

은비와 빙마마는 운설에게 무슨 설명을 들었는지 모르지만 꼿꼿한 자세로 서서 자못 긴장한 얼굴로 화운룡을 살피듯이 바라보고 있다.

연륜이 깊은 빙마마는 그렇다 치고 세 살짜리 은비마저 부동자세로 꼿꼿하게 서 있는 모습이 화운룡으로서는 자못 귀엽기도 하고 측은하기도 했다.

미래의 기억을 모두 찾은 운설은 화운룡을 바라볼 때는 두 눈에서 사랑과 애정이 뚝뚝 떨어질 정도로 뜨겁지만, 시선이 그에게서 조금 벗어나기라도 하면 혈영객 본연의 섬뜩한 모습을 되찾았다.

운설은 명림과 장하문 둘 다 반갑지만 그들보다도 화운룡을 다시 만난 것이 무엇보다 좋았다.

이제부터 그와 죽을 때까지 같이 살 거라는 생각을 하면 어린아이처럼 기뻤다.

운설이 뒤돌아서 혈영살수들에게 평소의 딱딱하고 차가운 목소리로 말했다.

"지금 이 시각부터 앞에 계신 분이 우리 모두의 주군이시다. 나와 너희들의 목숨은 전부 주군의 것이다."

혈영살수들에게서는 아무런 반응이 없다.

"예를 갖추어라."

운설의 말이 떨어지기 무섭게 백육 명의 혈영살수들은 일제히 한쪽 무릎을 꿇고 고개를 숙였다.

"주군을 뵈옵니다!"

짧고 나직한 외침이 대전을 한동안 웅웅 무겁게 울렸다.

"일어나라."

화운룡이 가볍게 고개를 끄떡이며 말하자 혈영살수들은 일사불란하게 일어서는데 일체의 소리도 나지 않았다.

화운룡은 천천히 빙마마에게 걸어가서 한 걸음 앞에 멈추고 그녀를 바라보았다.

사실 빙마마는 운설에게서 화운룡과 미래에 대해서 아무런 설명을 듣지 못했기에 조금 긴장한 듯한 얼굴로 자신보다 머리 하나 반은 더 큰 화운룡을 올려다보았다.

사십칠 세인 빙마마는 운설을 낳은 모친답게 키가 크고 늘씬한 데다 젊은 시절의 미모가 고스란히 남아 있다.

눈가와 입가에 잔주름이 조금 있지만 지금도 뭇 남정네들이 그녀를 보고 가슴이 설렌다고 하더라도 이상한 일이 아닐 것 같았다. 또한 그녀는 머리카락이 온통 눈처럼 빛나는 흰 백발이다.

전대 혈영단주였던 빙마마의 별호는 혈적화(血寂花)이며 본명은 설부용(雪芙蓉)이다.

운설이 화운룡에게 전음을 했다.

[수하들 있는 곳에서 쓸데없는 짓 하지 마.]

그녀는 화운룡하고 단둘일 때는 하대를 한다.

화운룡이 빙마마를 안아서 미래의 기억을 되살려 주는 사사롭고도 비밀스러운 일 같은 것을 지금 수하들이 뻔히 보고 있는 곳에서 하지 말라는 얘기, 아니, 경고다.

미래의 운설은 화운룡에게 종종 잔소리 같은 경고를 했었으니까 새삼스러운 일이 아니다.

운설은 시침 뚝 떼고 빙마마에게 말했다.

"주군께 인사드리세요."

이곳에 오기 전에 운설은 빙마마에게 거두절미하고 혈영단을 해체할 것이며 강소성 태주현에 있는 비룡은월문 문주 휘하로 들어간다고 선언했다.

그때까지 빙마마는 천하에 비룡은월문이라는 문파가 있다는 사실은 물론이고 태주현이 어디에 붙어 있는지조차도 모르고 있었다.

빙마마가 비록 운설의 모친이고 전대 혈영단주이지만 혈영단의 전권은 현 단주인 운설에게 있으므로 그녀가 내린 결정을 어느 누구도 거스르지 못한다.

빙마마는 어머니로서, 그리고 전대 혈영단주로서 다시 재고해 볼 것을 간곡하게 권했지만 운설은 요지부동 한 번 내린 결정을 번복할 수 없다고 못을 박았다.

그래서 빙마마는 이곳까지 오는 동안 내내 입이 닷 발이나 나와서 운설하고는 말 한마디도 나누지 않고 손녀 은비만 꼭 안고 있었다.

그런데 생면부지의 화운룡을 보니까 정말이지 훤칠한 데다 절세미남이어서 남자를 길바닥의 돌멩이 정도로 여기는 빙마마지만 잠시 가슴이 설레고 쿵쾅거렸다.

하지만 화운룡이 잘생겼다는 이유 하나만으로 딸의 어이없는 결정과 행동을 이해할 수는 없는 노릇이다.

빙마마는 절세미남을 보고 잠깐 동안이라도 가슴이 두근거렸던 사실이 스스로에게 창피해서 외려 더 딱딱하고 쌀쌀맞게 살짝 고개만 숙이며 인사했다.

"설부용이오."

화운룡은 빙그레 화사한 미소를 지었다.

"화운룡이오."

겨우 평정심을 찾았던 빙마마는 그의 아름다운 미소를 보고는 또다시 심장이 철렁 내려앉았다.

'왜… 왜 이래, 이 친구? 심장 떨리게…….'

모계(母系)로 이어지는 혈영단의 전 단주 빙마마는 십오 년 전에 홀몸이 되어 과부 생활을 해오는 동안 켜켜이 쌓였던 뭔지 모를 앙금이 어이없게도 화운룡의 아름다운 미소를 보는 순간 단번에 스르르 녹아내리는 것을 느꼈다.

정말이지 말도 안 되는 일이다.

화운룡은 은비의 머리를 쓰다듬으며 미소 지었다.

"네가 은비로구나."

깨물어주고 싶을 정도로 예쁘고 귀여운 세 살 은비는 초롱초롱한 눈으로 화운룡을 올려다보다가 꾸벅 인사했다.

"처음 뵙겠어요. 저는 설은비라고 해요. 주군 아저씨."

화운룡은 은비를 번쩍 안았다.

"주군은 무슨… 오라버니라고 불러라."

그의 말에 운설이 당장 딴죽을 걸고 나왔다.

"주군께선 어디까지나 주군이십니다."

딸 은비가 오라버니라고 부른다면 운설에게 화운룡은 아들뻘이 되는 것이다.

그건 절대로 있을 수도 없는 일이다. 족보가 꼬여 버려서 사랑하는 이가 아들뻘이 된다는 것은 상상만으로도 간이 오그라들 일이다.

화운룡은 은비를 안고 입구로 걸어가며 말했다.

"가자. 오늘은 모두 한잔한다."

"주군, 그건 곤란합니다. 수하들은 저희들끼리 따로……."

화운룡이 걸어가면서 넌지시 툭 던졌다.

"운설, 토를 달 테냐?"

"아닙니다. 죄송합니다."

운설은 즉시 고개를 숙였다.

빙마마는 그 모습을 보고 눈을 빛냈다. 그녀는 천하의 어느 누구에게도 고개를 숙여본 적이 없는 딸이 이렇게 설설 기는 모습을 생전 처음 보았다.

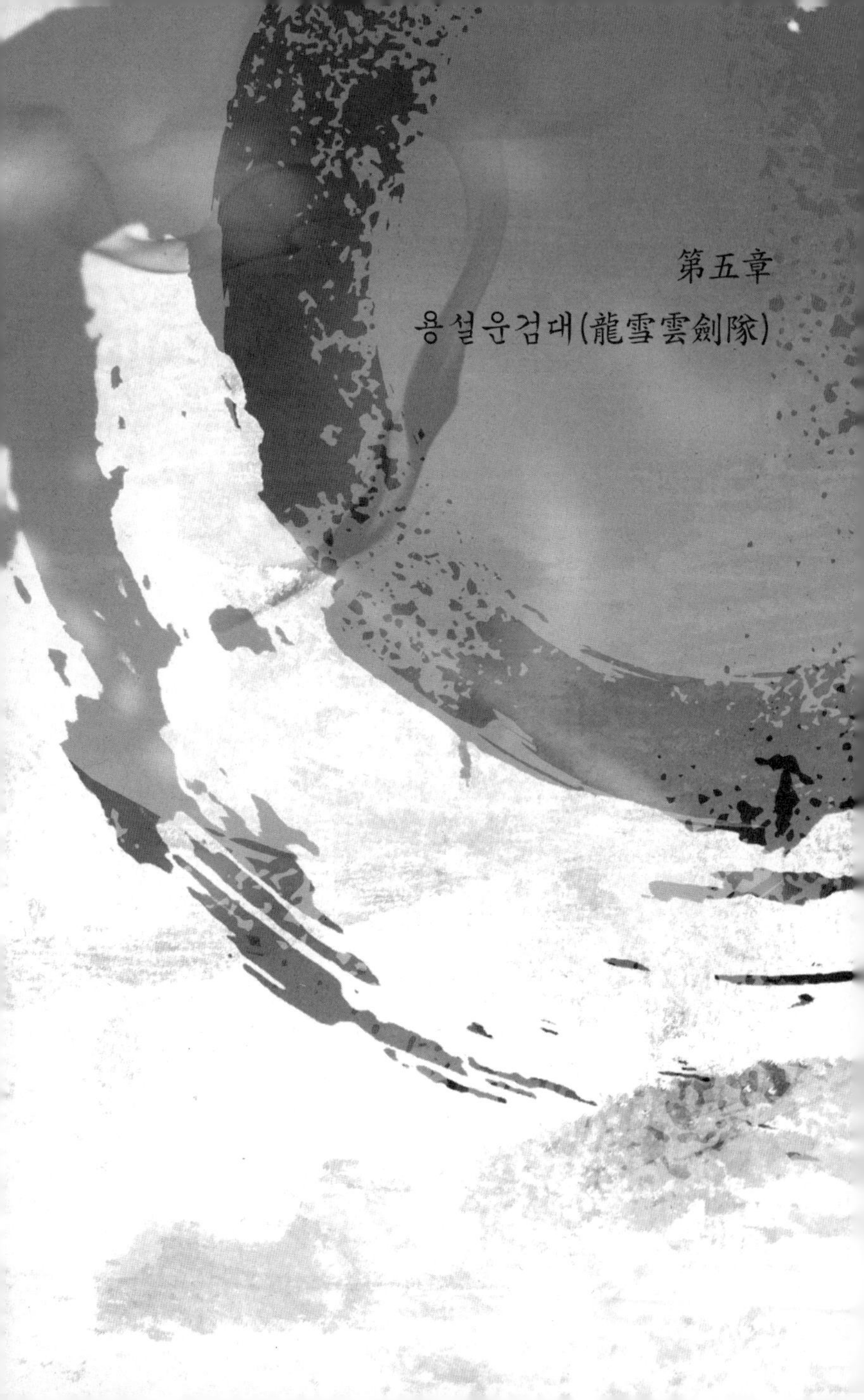

第五章

용설운검대(龍雪雲劍隊)

용황락 내의 아름다운 호수 한가운데 위치한 옥봉루 이 층에서는 연회 준비가 한창이다.

옥봉루 삼 층 안락한 방에 운설과 빙마마, 은비가 따로 화운룡에게 불려갔다.

운설이 아까 수하들이 있을 때하고는 사뭇 다르게 화사한 미소를 지으면서 화운룡에게 말했다.

"주군, 어머니 한 번 안아드리세요."

여기에는 혈영살수들이 없고 가족들뿐이니까 빙마마를 한 번 안아주라는 얘기다.

난데없는 말에 빙마마는 움찔했다. 그녀는 운설이 농담하는 것을 한 번도 본 적이 없었으므로 방금 한 말이 농담이라고 생각하지 않았다.

그런데 갑자기 운설이 어째서 그딴 말도 되지 않는 부탁을 화운룡에게 하는 것인지 모를 일이다.

"그럴까?"

그런데 화운룡이 빙그레 미소 지으며 자신에게 다가서자 빙마마는 화들짝 놀라 뒷걸음질쳤다.

"무얼 하려는 것이오?"

화운룡은 그녀가 뒷걸음질 치는 만큼 따라 걸어갔다.

"그대를 안아보려는 것이오."

"어찌 감히……."

빙마마가 발끈하면서 손을 들어 올리려는데 운설이 넌지시 일침을 놓았다.

"주군이세요."

'끙…….'

아무런 방비도 하지 않고 바싹 다가서는 화운룡의 앙가슴에 빙마마가 독한 마음을 먹고 일 장을 갈긴다면 그걸로 즉사하고 말 것이다.

툭…….

계속 뒷걸음치다가 빙마마의 등이 뒤쪽의 함롱(函籠)에 닿아서 더 이상 물러나지 못하게 되었다.

그런데도 화운룡은 두 사람의 몸이 닿을 정도로 아주 가깝게 다가섰다.

"이… 이것 보시오."

"빙마마도 날 마주 안아야 하오."

"……."

빙마마는 서로의 가슴이 닿으려고 하자 두 손바닥을 화운룡의 가슴에 댔다.

두 손바닥에 화운룡의 넓고 탄탄한 가슴 근육이 만져져서 그녀는 흠칫 놀랐다.

"항거하지 말아요, 어머니."

운설이 진지하게 말했다.

빙마마가 쳐다보자 운설이 가볍게 고개를 끄떡였다.

"절 믿어보세요."

운설이 화운룡더러 빙마마를 한 번 안아주라고 하는 것은 그녀에게 심심상인을 해주라는 뜻이다.

하지만 빙마마로서는 장장 십오 년 동안 과부 수절을 해오고 있는 자신에게 어째서 운설이 이런 장난을 치는 것인지 이해할 수가 없다.

운설이 아무리 믿으라고 하지만 어떻게 생면부지의 남자가 안으려고 하는데 가만히 있을 수 있겠는가.

그 생면부지의 남자가 약관의 젊고 절세미남에다 키도 크고 완벽한 체격을 지니고 있다 해도 빙마마의 십오 년 과부 수절을 깨뜨릴 정도는 아니다.

"물러서지 않으면 결례를 범하겠소."

빙마마는 완고한 표정으로 화운룡의 가슴을 살짝 밀었다.

"명령이에요. 가만히 있어요."

운설이 굳은 얼굴로 단단하게 말하자 빙마마는 착잡한 표정으로 혈영단주가 아닌 딸을 쳐다보았다.

"설아……."

"어머니, 그는 우리 친구예요. 그가 어머니를 한 번 안으면 다 아시게 될 거예요."

"그게 무슨……."

운설은 약간의 설명이 필요함을 느꼈다.

"믿지 못하시겠지만 그는 미래에서 왔어요. 우린 지금으로부터 칠 년 후에 이 사람을 만나게 되는데 그때 우린 그를 주군으로 모시게 돼요."

"……."

빙마마의 얼굴이 어이없는 표정이었다가 다시 복잡하게 변하는 등 수시로 변했다.

"제가 어째서 이 사형 영파를 갑자기 죽였겠어요? 영파가 제 남편 임융을 함정에 빠뜨려서 죽였기 때문이에요. 그리고 이십일 년 후에 영파는 어머니를 암습해서 죽여요. 이 모든 사실을 바로 저 사람이 알려주었어요."

"어떻게 그런……."

"저 사람이 어머니를 한 번 안으면 미래의 일이 다 생각날 거예요. 절 믿으세요."

그제야 비로소 빙마마의 표정이 변했다. 운설의 간략한 설명에 충분히 공감했기 때문이다.

머리로는 절대로 믿어지지 않지만 가슴으로는 어느 정도 믿음이 갔다.

화운룡이 빙그레 미소 지었다.

"이봐, 아용(我蓉). 한 번 안아보자."

"……."

순간 빙마마는 너무 놀라서 눈을 휘둥그렇게 뜨고 몸을 세차게 부르르 떨었다.

그녀의 이름이 '부용'이라서 남편은 자기만의 부용이라는 뜻으로 그녀를 '아용(我蓉)'이라고 불렀다.

더구나 그 호칭은 두 사람이 오로지 잠자리에서만 사용했기 때문에 운설조차도 들어본 적이 없다.

그걸 생면부지의 화운룡이 알고 있는 것이다. 그렇다면 그걸 빙마마가 말해주었다는 뜻이다.

그러지 않고서는 그가 귀신이 아닌 바에야 절대로 알고 있을 리가 없다.

그런 깊고 내밀한 것까지 알려줄 정도라면 그녀는 화운룡을 몹시 신뢰했다는 뜻이다.

더구나 방금 화운룡은 그녀에게 하대를 했다. 천하에서 그녀에게 하대를 하는 사람은 딱 한 사람 있었으며 그녀의 남편이었는데 십오 년 전에 죽었다.

하지만 화운룡이 하대를 한 것은 그녀가 어머니 같고 유모 같은 친근감에서다.

화운룡의 미소가 푸근해졌다.

"아용, 내가 몽강(夢剛)이었으면 덥석 안겼겠지?"

"……."

빙마마는 서 있는 두 다리에 힘이 빠져서 금방이라도 주저앉을 것만 같았다.

죽은 남편이 그녀를 '아용'이라고 부르는 것에 대한 화답으로 그녀는 남편을 '몽강'이라고 불러주었다. '꿈에서도 사랑하는 남편'이라는 뜻으로 꿈 몽 자 뒤에 남편 이름 끝 자 '강'을 붙인 것이다.

세상에… 그런 것까지 알고 있다면 화운룡은 정말 미래에서 온 것이 분명하고, 빙마마는 그와 너무도 친했던 나머지 미주알고주알 다 얘기해 준 것이 분명하다.

화운룡은 두 팔로 빙마마를 가만히 안았다.

빙마마는 저항하지 않을뿐더러 오히려 잠시 있다가 두 팔로 그의 등을 같이 쓸어안았다.

"아용."

화운룡이 그녀의 등을 쓰다듬자 그녀는 어째서인지 눈물이 왈칵 솟구쳐서 남편의 이름을 중얼거렸다.

"몽강……."

그녀는 몸부림치듯이 화운룡의 품속으로 파고들었다.

그 모습을 바라보면서 운설은 빙그레 엷은 미소를 지었다.

"으흐흐흑……!"

빙마마는 벌써 이각이 지날 동안 화운룡의 품속에서 펑펑 울고 있는 중이다.

심심상인이 마침내 그녀의 마음과 머릿속에 폭포처럼 미래의 기억을 쏟아부은 것이다.

지금으로부터 칠 년 후 그녀 나이 오십사 세 때에 이십칠 세의 화운룡을 만나서, 육십팔 세 때 운설의 두 번째 남편 영파에게 암습을 당해 죽을 때까지 십사 년 동안 그녀는 다른 사람의 삼생을 사는 동안만큼 아주 많이 화운룡과 추억을 만들었다.

오죽했으면 영파에게 암습을 당해서 숨이 끊어지기 직전에 마지막으로 떠오른 사람이 화운룡이었을까.

"으흐흑……! 영파가… 날 죽였어… 어흐흑……!"

빙마마는 우연한 기회에 영파가 운설의 전남편 임융을 죽였다는 사실을 알게 되었는데, 그 사실을 운설에게 알리기도 전에 영파에게 죽음을 당했던 것이다.

운설이 다정하게 말했다.

"그래서 내가 영파를 죽였잖아요. 그러니까 어머니는 이제 오래오래 장수하실 거예요."

빙마마는 이제야 운설이 영파를 죽인 이유를 깨달았다.

화운룡이 은비를 안아서 심심상인을 해주려고 하자 운설이 반대했다.

심심상인을 해줘서 은비의 기억이 되살아난다면, 이제 겨우 세 살인 은비가 칠 년 후 열 살 때 화운룡을 만나서 이후 육십칠 세까지 장장 오십칠 년이라는 긴 세월의 수많은 기억들을 도저히 감당해 내지 못할 것이기 때문이다. 그러기에 은비는 지나치게 어렸다.

"아쉽군."

화운룡이 은비의 머리를 쓰다듬자 운설은 은비를 안아서 빙마마에게 주었다.

"행여 저 없을 때 은비 기억을 되살리려는 생각 같은 것은 꿈도 꾸지 말아요."

비룡은월문에서 가장 넓은 대연무장에 일검대인 비룡검대부터 팔검대인 은한검대까지 구백팔십 명이 모두 질서정연하게 도열했다.

대연무장에 천 명 가까운 많은 인원이 운집했지만 기침 소리조차 들리지 않고 조용하기만 했다.

돌계단 위에는 산뜻한 백의 경장을 입은 화운룡이 우뚝 서 있고 좌우에는 장하문과 명림이 호위하듯 서 있다.

장하문은 군사이고 명림은 호법신이므로 화운룡을 지근거리에서 보필하고 호위하는 것이 당연하다.

그리고 양쪽 약간 떨어진 곳에는 십사룡신과 호법대이며 화운룡의 여제자인 열한 명의 소녀들이 당당한 모습으로 도열해 있다.

십사룡신들은 똑같이 비룡이 승천하는 모양의 꿈틀거리는 정교한 모양이 수놓아진 용의(龍衣) 경장을 입었으며, 여제자 열한 명은 봉황이 수놓아진 봉의(鳳衣) 경장을 입었다.

그리고 화운룡의 뒤쪽 일 장 거리에는 태사의가 죽 일렬로 놓여 있으며, 거기에는 태상문주인 화명승과 화성덕, 그리고 두 사람의 부인이 늠연하게 앉아 있다.

장하문이 우렁차게 외쳤다.

"제구검대 의검대 입장하라!"

대연무장의 오른쪽 일검대 비룡검대가 있는 방향의 전각 뒤쪽에서 한 무리의 사람들이 대열을 맞춰 질서정연하게 걸어 나와 비룡검대 앞으로 방향을 꺾었다.

척척척척!

그들은 황산파의 의인 백삼 명이며 앞으로 의검대의 표식이 될 자의 경장을 입었다.

의검대주인 나순달이 선두에서 걸어가고 그 뒤쪽 이 장 거리를 두고 의검대 백이 명이 대열을 맞춰 뒤따랐다.

비룡검대에서 은한검대까지 구백팔십 명은 새로 합류한 의검대를 보기 위해서 고개나 눈동자를 돌리는 어설픈 행동 같은 것은 하지 않고 정면만 주시하고 있다.

그것만 봐도 비룡은월문의 검사들이 얼마나 제대로 무장이 되어 있는지 짐작할 수 있다.

의검대는 일검대 비룡검대 앞을 보무당당하게 지나쳤다.

비룡검대주 감형언과 비룡검사 백 명은 의검대가 자신들 앞을 통과할 때에야 비로소 그들을 보게 되었다.

척척척척척!

조용한 대연무장에 의검대 백삼 명의 발자국 소리만이 규칙적으로 울려 퍼졌다.

이윽고 의검대가 전체 팔검대의 정중앙인 사검대 운검대와 오검대 은월검대 사이에 이르렀을 때 나순달이 걸음을 멈추며 우렁차게 외쳤다.

"정지하라!"

나순달과 의검대 백삼 명이 일제히 돌계단 위를 향해 돌아서 정렬했다.

긴장된 모습의 나순달이 몸을 꼿꼿하게 세우고 목에 힘줄을 돋우며 외쳤다.

"의검대가 두 분 태상문주와 주군께 인사드립니다!"

나순달을 비롯한 백삼 명은 일제히 포권을 하면서 깊숙이 허리를 굽혔다.

의자에 앉아 있던 화명승과 화성덕, 그리고 두 명의 부인이 자리에서 일어났다.

네 사람 얼굴에는 뭐라고 말로는 설명할 수 없는 감동이 넘실거렸다.

태주현에서 해남비룡문이라는 현판을 내걸어놓았지만 삼류에도 속하지 못할 정도로 형편없을 정도여서 하다못해 녹림은 물론이고 하오문에게까지 업신여김을 당했던 시기가 채 일 년도 지나지 않은 올해 초였다.

해남비룡문를 개파한 시조인 화성덕과 형산은월문의 시조인 조형래는 개파할 당시부터 막역한 의형제지간이었으며, 그것은 두 사람의 아들인 화명승과 조무철의 대에 이르러서도 의형제로 이어졌다.

그랬었는데 개망나니 손자인 화운룡이 어느 날부터인가 정신을 차려 문파를 이끌면서 태주현 제일문파 자리를 놓고 다투는 진검문과 형산은월문을 차례로 흡수하는가 싶더니, 황제가 산다는 자금성이 부럽지 않을 정도의 거대한 성채를 짓고는 이사하여 문파명을 비룡은월문으로 개명했다.

형산은월문과의 오랜 우정을 저버리지 않고 문파명을 비룡은월문으로 개명했으니 이것이 화성덕과 화명승으로서는 첫 번째 감동이고 고마운 일이었다.

그러고는 거기에서 멈추지 않고 이후에는 태주현을 중심으로 백여 리 이내의 내로라하는 방파와 문파들인 사해검문과 모산파를 흡수했으며, 심지어는 태주현에서 천 리 밖에 있는 산동성 제남의 패자 은한천궁마저 휘하로 거두었다.

그런데 그뿐이 아니다. 지금 저 아래에서 새로이 의검대라는 이름을 받아서 굴신(屈身)하고 있는 백삼 명은 강소성과 안휘성 남쪽 지방에서 최고로 오랜 역사와 명성을 자랑하던 황산파의 문도들이다.

그들마저도 화명승과 화성덕에게 머리를 조아리며 충성을 맹세하고 있는 것이다.

요즘 화명승과 화성덕은 항간에 떠들썩하게 떠도는 소문 즉, 비룡은월문이 머지않아서 춘추십패에 오를 것이라는 말을 귀가 따갑도록 듣고 있다.

삼류문파 축에도 끼지 못했던 해남비룡문이 불과 열한 달 만에 이처럼 눈부신 발전과 위업을 이루었으니 화명승과 화성덕, 그리고 두 명의 부인은 너무도 감개무량하여 아무리 참으려고 해도 눈물이 걷잡을 수 없이 펑펑 쏟아졌다.

화운룡과 장하문, 명림 등은 그런 화명승과 화성덕을 바라보며 흐뭇한 미소를 지었다.

장하문은 화운룡에게 설명을 자세한 들었기에, 그리고 명림은 화운룡과 같은 미래의 기억을 공유하고 있으므로 해남비룡문이 녹림 무리에게 멸문되어 화운룡 한 사람만 살아남고 모두 죽었다는 사실에 대해서 잘 알고 있다.

그렇게 멸문했어야 할 해남비룡문이 오늘날 춘추십패에 오르는 일을 목전에 두고 있으며, 가족들도 모두 무사할 뿐만 아니라 저토록 기뻐하고 있는 것을 보고 화운룡의 지금 심정이 어떨지 장하문과 명림은 짐작하고도 남음이 있다.

* * *

화운룡은 돌계단 아래에서 예를 취하고 있는 의검대에게 위엄 있게 말했다.

"너희들을 환영한다. 일어나라."

의검대가 허리를 펴자 화운룡이 다시 명령했다.

"형제들을 향해 돌아서라."

의검대 백삼 명이 비룡은월문의 여덟 개 검대 구백팔십 명과 마주 섰다.

마주 보고 있는 두 무리의 가슴을 울리는 희열과 감동의 색깔은 같은 것이다.

화운룡은 모두에게 의검대를 소개했다.

"이들은 황산파 사람들이다! 이제부터 우리와 한솥밥을 먹는 형제가 되었다! 서로 인사하고 축하하라!"

순간 아홉 개의 검대 천백여 명이 일제히 굉렬한 함성을 터뜨렸다.

먼저 검대를 이룬 사람들이나 오늘 검대를 이룬 사람들이 너 나 할 것 없이 가슴을 터뜨릴 것처럼 함성을 질러댔다.

"우와아아아─!!"

고막을 찢어발길 듯한 엄청난 함성이 크고도 길게 지속되는 동안 황산파 의인, 아니, 의검대 백삼 명은 뜨거운 눈물을 왈칵 쏟았다.

왜 갑자기 눈물이 나는지도 모르겠고 사내대장부가 우는 것이 부끄럽다는 생각도 들지 않았다.

의검대가 팔검대인 은한검대 옆 구검대 자리에 정렬하고 잠시가 지난 후에 장하문이 다시 외쳤다.

"제십검대(十劍隊) 선풍검대(旋風劍隊) 나와라!"

정면을 주시하고 있는 일검대에서 구검대까지 천백여 명의 검사들 눈빛이 흔들리고 표정이 가볍게 변했다.

비룡은월문에서는 검대 하나가 새로 생기면 지금처럼 모두를 모이게 하여 이런 의식을 치러왔다.

모두들 오늘은 의검대 한 개 검대만 편성되는 줄 알았는데 십검대가 있다는 말에 적잖이 놀랐다.

그때 모퉁이를 돌아서 나오고 있는 무리의 수는 의외로 많았다. 백 명이 훨씬 넘었으며 이백 명에 가까웠다.

그들은 모두 청록색의 경장을 입었으며 어깨에는 청강검을 메고 씩씩한 걸음으로 일검대 비룡검대 앞을 지났다.

청록색 경장은 원래 호북연세가를 나타내는 의복색이다.

선두에는 태도현이 이끌고 있으며 그 뒤를 호북연세가의 백칠십오 명이 따르고 있다.

그들이 자신들의 앞을 지나갈 때 비룡검대 검사들 중에선 그들이 호북연세가라는 사실을 알아보는 사람도 있었으며 모르는 사람도 있었다.

이윽고 호북연세가 사람들은 십검대 대열의 중앙에 이르러 돌계단 쪽을 향해 방향을 바꾸고 정렬했다.

선두의 태도현이 위를 향해 우렁차게 외쳤다.

"제십검대 선풍검대 대주 태도현 이하 백칠십오 명이 주군과 두 분 태상문주께 인사드립니다!"

이어서 포권을 하며 깊숙이 허리를 굽혔다.

아직 일어서 있는 화명승과 화성덕 등은 어리둥절한 표정으로 화운룡을 쳐다보았다.

십검대 선풍검대가 어떤 사람들로 이루어졌는지 아직 모르기 때문이다.

화운룡이 두 사람에게 공손히 설명했다.

"저들은 무림오대세가 중 하나인 호북연세가 사람들입니다."

"아……."

화명승과 화성덕은 반사적으로 나직한 탄성을 흘렸을 뿐이지 그 말의 내용이 아직 마음에 와닿지는 않았다.

화운룡은 선풍검대를 일어나게 하여 전원을 향해 돌려 세우고는 웅혼한 어조로 말했다.

"십검대 선풍검대는 호북연세가 사람들로 이루어졌다! 모두들 형제로서 맞이하라!"

조금 전 의검대를 환영했던 것처럼 모두들 진심을 담아서 함성을 터뜨렸다.

"우와아아아—!!"

무림오대세가의 호북연세가마저 비룡은월문의 한 식구가 됐다는 사실에 전 검사들의 기세는 그야말로 의기충천(義氣衝天) 하늘을 찔렀다.

문파를 잃고 떠돌다가 구사일생 살아나서 이제 비룡은월문 사람이 된 호북연세가 선풍검대 사람들은 가슴이 뭉클하고 눈시울이 뜨거워졌다.

선풍검대 백칠십육 명이 제자리를 찾아가서 도열하고 있을 때 일검대부터 구검대까지 모든 검사들은 더할 수 없는 뿌듯한 자부심을 한껏 만끽했다.

해남비룡문이 지금까지 흡수하거나 통합한 방파와 문파들 중에서 호북연세가의 세력과 규모, 무림에서의 명성 등이 단연 가장 크다고 할 수 있다.

사해검문과 은한천궁은 남경과 제남의 패자로서 비슷한 규모이고 명성을 누렸으며, 황산파는 명성으로써 구검대 중에서 첫 손가락에 꼽을 수 있으며, 모산파는 그 아래다. 그리고 진검문이나 형산은월문은 말할 것도 없다.

하지만 호북연세가의 합세로 세력과 규모, 명성 모든 면에서 그들에게 첫 번째 자리를 내줘야만 한다.

그러나 과거에 어떤 방파였으며 문파였든지 간에 지금은 비룡은월문의 일개 검대로서 모두 평등하다고 화운룡 이하 장하문과 각 검대주들은 입이 닳도록 말해왔다.

하지만 과거의 영욕과 추억을 반추하면서 거기에 기대어 살아가고 있는 인간의 오랜 습성이 그렇게 쉽사리 없어지지는 않는다.

이들 십검대가 진정한 평등을 누리려면 더 오랜 세월이 흘러야 하거나 아니면 지금보다 훨씬 강한 유대감 혹은 동지애 같은 것이 필요할 것이다.

방금 제자리를 찾아서 정렬한 십검대 선풍검대의 맨 앞줄에서 눈에 띄는 두 사람이 있다.

연림과 연오 남매다. 두 사람은 얼마 전까지만 해도 호북연세가의 소가주였지만 지금은 아무런 지위도 받지 못한 채 선풍검대의 검사라는 신분이다.

연오는 특별한 재주도 없는 데다 무공이 약해서 선풍검사가 되는 것이 어쩌면 당연할 수도 있겠지만 연림으로서는 억울할 수도 있는 입장이다.

며칠 전에 장하문이 그녀를 용신에 합류시키는 것이 좋겠다는 의견을 제시했었는데도 화운룡은 며칠이 지나도록 거기에 대해서 가타부타 별말이 없었다.

그래서 연림은 화운룡이 자신을 탐탁하지 않게 여겨서 용신이 되는 것을 허락하지 않는 것이라고 생각을 굳혔다.

그렇지만 매사에 긍정적인 연림은 자신이 과욕을 부렸음을 깨닫고 이제부터라도 선풍검사로서 열심히 살겠다고 다짐을 거듭하고 있다.

"아앗!"

"이런 맙소사……."

그때 화운룡 뒤쪽에서 어수선한 외침이 터져 나왔다.

화명승과 화성덕 등이 한참이 지난 지금에야 호북연세가 사람들이 십검대 선풍검대가 됐다는 사실을 깨닫고는 한바탕 난리가 벌어진 것이다.

화운룡은 부모님과 할아버지 등이 참으로 순진하다는 생각이 들어 빙그레 미소를 지었다.

모두들 이로써 오늘의 의식이 끝났다고 생각하고 있을 때 장하문의 우렁찬 외침이 터졌다.

"제십일검대는 나와라!"

그 외침에 돌계단 위의 화운룡과 장하문, 명림을 제외한 비룡은월문의 전원이 놀랐다.

하루에 세 개의 검대가 한꺼번에 신입 의식을 치른 예는 지금껏 한 번도 없었다.

지금까지 의검대와 선풍검대가 입장할 때에는 요지부동 꼼짝도 하지 않던 전체 검사들이 세 번째에는 자신들도 모르게 고개를 돌려 전각 모퉁이를 쳐다보았다. 그만큼 십일검대가 어떤 사람들인지 궁금한 것이다.

그런데 전각 모퉁이에서는 아무 소리도 들리지 않았다. 조금 전 의검대와 선풍검대는 출현하기 전에 보무당당한 발자국 소리가 먼저 들렸다.

장하문이 십일검대더러 나오라고 했으니까 분명히 나오기

는 할 텐데 아무 소리도 나지 않으니까 모두들 의아한 생각이 들었다.

일검대부터 십검대까지 천이백오십칠 쌍의 눈동자가 일제히 전각 모퉁이로 향했다.

그렇지만 잠시가 지나도록 전각 모퉁이에서는 아무도 나타나지 않았다.

그런데 바로 그때, 핏빛 엷은 구름이 모두의 머리 위를 뒤덮는 듯했다.

그래서 사람들은 갑자기 내리쬐는 태양빛이 핏빛으로 돌변한 것이라는 생각이 들었다.

모두들 움찔 놀라서 위를 쳐다볼 때 이미 돌계단 아래에는 백여 명의 혈의인들이 한 치의 흐트러짐도 없이 대열을 맞춰서 도열해 있었다.

방금 전 핏빛 엷은 구름은 바로 이들이 나타나는 전조였던 것이다.

금방이라도 핏물을 뚝뚝 흘릴 것처럼 시뻘건 혈의를 입고 양어깨에는 일반 검보다 약간 짧은 쌍검을 멘 정확하게 백칠 명이 모두에게 뒷모습을 보인 채 도열해 있었다.

전체 검사들은 단지 그들 백칠 명의 시뻘건 뒷모습을 쳐다보는 것만으로 질식할 것 같은 긴장을 느꼈다. 그들이 누군지도 모르면서 그냥 그런 느낌이 든 것이다.

갑자기 등장한 이들이 누구일지 모두들 궁금하게 여기는 가운데 지금까지와는 또 다른 고요함이 장내를 지배했다.

화운룡이 아래를 굽어보며 나직하게 말했다.

"운설, 올라와라."

앞쪽에 따로 서 있던, 핏빛 혈의단삼을 입고 역시 엉덩이를 덮는 핏빛 두봉(斗篷: 망토)을 걸친 운설이 꼿꼿하게 선 채 둥실 수직으로 솟구쳤다가 수평으로 미끄러져 화운룡 앞에 멈추더니 공손히 허리를 굽혔다.

"주군을 뵈옵니다."

"허리를 펴라."

허리를 펴는 운설의 얼굴은 몇 겹의 얼음이 덮여 있는 것 같아서 가까이에 있는 장하문과 명림마저 섬뜩할 정도다.

그러나 시선이 화운룡에게 향하는 순간 운설의 두 눈에 정감이 뚝뚝 묻어나며 표정이 봄바람처럼 부드러워졌다.

화명승과 화성덕, 두 명의 부인은 의식이 조금 전에 다 끝난 줄 알고 자리에 앉았다가 다시 엉거주춤 일어섰다.

그렇지만 화명승과 화성덕은 운설을 보는 순간 오금이 저리고 심장과 간이 오그라드는 느낌을 받았다.

화명승과 화성덕은 평범하기 짝이 없는 범부(凡夫)이기에 이날까지 사람을 수백 명이나 죽인 암살자의 여왕 운설에게서 풍기는 섬뜩한 살기를 견디지 못하는 것이다.

소나 돼지 등 가축들이 도살자를 만나거나 사람이 저승사자와 정면으로 마주치면 지금 이런 느낌을 받을 터이다.

화운룡은 부친과 조부를 보며 씁쓸한 미소를 지었지만 운설을 소개하지 않을 수가 없다.

“이 사람은 혈영단주 혈영객입니다.”

“오… 그래.”

“음, 그렇구나.”

화명승과 화성덕은 한시바삐 지금의 전율스러운 느낌에서 벗어나려는 일념으로 화운룡의 소개말을 알아듣지 못했으면서도 그저 고개를 끄떡였다.

아까 호북연세가를 소개할 때에도 두 사람은 건성으로 고개를 끄떡였다가 한참이 지나서야 소스라치게 놀랐다.

화운룡이 운설을 소개하는 말소리를 십검대 앞줄의 몇몇 사람이 듣고는 안색이 백지장처럼 하얘졌다.

그들은 설마 천하제일 살수조직 혈영단이 십일검대일 줄은 꿈에도 예상하지 못했다. 더구나 백무신의 한 명이며 당금 무림에서 최강의 살인자로 불리는 혈영객이 눈앞에 나타나자 저절로 오금이 저렸다.

“명림, 운설 옆에 서라.”

갑작스러운 부름에 명림은 주춤거리며 운설 옆에 섰다. 두 여자는 화운룡을 향해 나란히 마주 선 모습이다.

키가 운설에 비해서 한 뼘이나 작은 명림은 그녀를 힐끗 보고는 다소곳이 섰다.

화운룡이 그녀들을 보며 엷은 미소를 지으며 말했다.

"두 사람을 좌우호법으로 임명한다."

운설의 입초리가 살짝 올라가며 득의한 미소가 보일 듯 말 듯한 반면에 명림은 깜짝 놀라더니 서운한 듯한 눈빛으로 화운룡을 바라보았다.

명림의 지위는 호법신으로 비룡은월문에서는 이 인자였는데 이제부터 그 지위를 운설과 나누어야 하는 것이다.

그녀는 원래 공명심이나 지위에 연연하는 사람이 아니지만 호법신이라는 지위가 언제나 상시 화운룡을 곁에서 호위해야 하는 임무라서 그것을 연적(戀敵)인 운설과 나눠야 하는 것이 싫은 것이다.

원래 미래에서는 운설이 십절무황 화운룡의 호법신이었다. 그런데 과거이며 현재인 지금 화운룡이 두 여자를 좌우호법으로 삼은 것은 공평한 결정이라고 할 수 있다. 두 여자가 아옹다옹 싸우지 말라는 뜻이다.

그때 장하문이 묘한 신경전을 벌이는 두 여자를 전음으로 일깨워 주었다.

[두 분 자리하세요.]

운설과 명림은 급히 화운룡의 좌우로 가서 섰다.

명림이 뾰로통한 얼굴로 화운룡에게 전음을 보냈다.

[누가 좌(左)고 누가 우(右)죠?]

좌우호법이니까 좌호법과 우호법이 있을 것이다.

[지금 서 있는 대로야.]

운설이 화운룡의 왼쪽이니까 좌호법이고 명림이 오른쪽이라서 우호법이다.

"치이……."

명림이 입으로 내는 소리가 여과 없이 흘러나왔다.

좌호법이나 우호법은 고하 없이 똑같은 지위지만 어쩐지 사람들은 좌호법을 선호하는 편이다.

화운룡은 돌계단 아래 백육 명의 혈영살수들에게 명령했다.

"돌아서라."

그러고는 또 한 번의 진기한 광경이 벌어졌다.

백육 명의 혈영살수들은 분명히 전체 검사들에게 뒷모습을 보이고 있었는데 어느 순간 모두들 돌아서 있는 것이다.

정말이지 어느 누구도 혈영살수들이 돌아서는 모습을 제대로 보지 못했다.

화운룡이 아래를 굽어보면서 말하려는데 운설의 전음이 그의 고막을 두드렸다.

[운룡, 십일검대를 용설운검대(龍雪雲劍隊)로 명명해 줘.]

화운룡이 쳐다보자 운설은 한쪽 눈을 찡긋하며 달콤한 미소를 지었다.

[부탁이야.]

용설운은 화운룡과 설운설의 이름을 따서 미래의 최측근들이 두 사람을 불렀던 호칭이다.

운설은 그 이름을 따서 혈영단의 검대명을 해달라는 요구를 했다.

화운룡은 혈영단을 굽어보며 입을 열었다.

"무결(武潔), 앞으로 나서라."

혈영살수들 중에서 한 사람이 스르르 미끄러지듯이 앞으로 나아가 우뚝 섰다.

"네가 대주다."

전면에 선 무결의 어깨가 움찔 가볍게 떨리는 게 보였다.

무결은 운설의 최측근이고 혈영단 부단주다.

그는 지난번에 혈영단 오십 명을 이끌고 은한천궁을 도우러 갔을 때 통천방과의 치열한 싸움에서 복부가 갈라져 내장을 온통 쏟아내는 중상을 입었는데, 화운룡이 치료해서 목숨을 구했다.

화운룡이 우렁찬 목소리로 모두에게 말했다.

"이들은 얼마 전까지 혈영단이었으나 이제부터 본 문의 제십일검대 용설운검대다! 모두 형제로서 맞이하라!"

그런데 아무도 호응을 하지 않고 조용했다.

처음 등장부터 모두를 숨죽이게 만들었던 이들 핏빛 전사들이 무림 최강의 살수조직 혈영단이라는 사실에 다들 몸과 정신이 얼어붙어 버렸는데 아까처럼 함성을 지를 정신이 대관절 어디에 있겠는가.

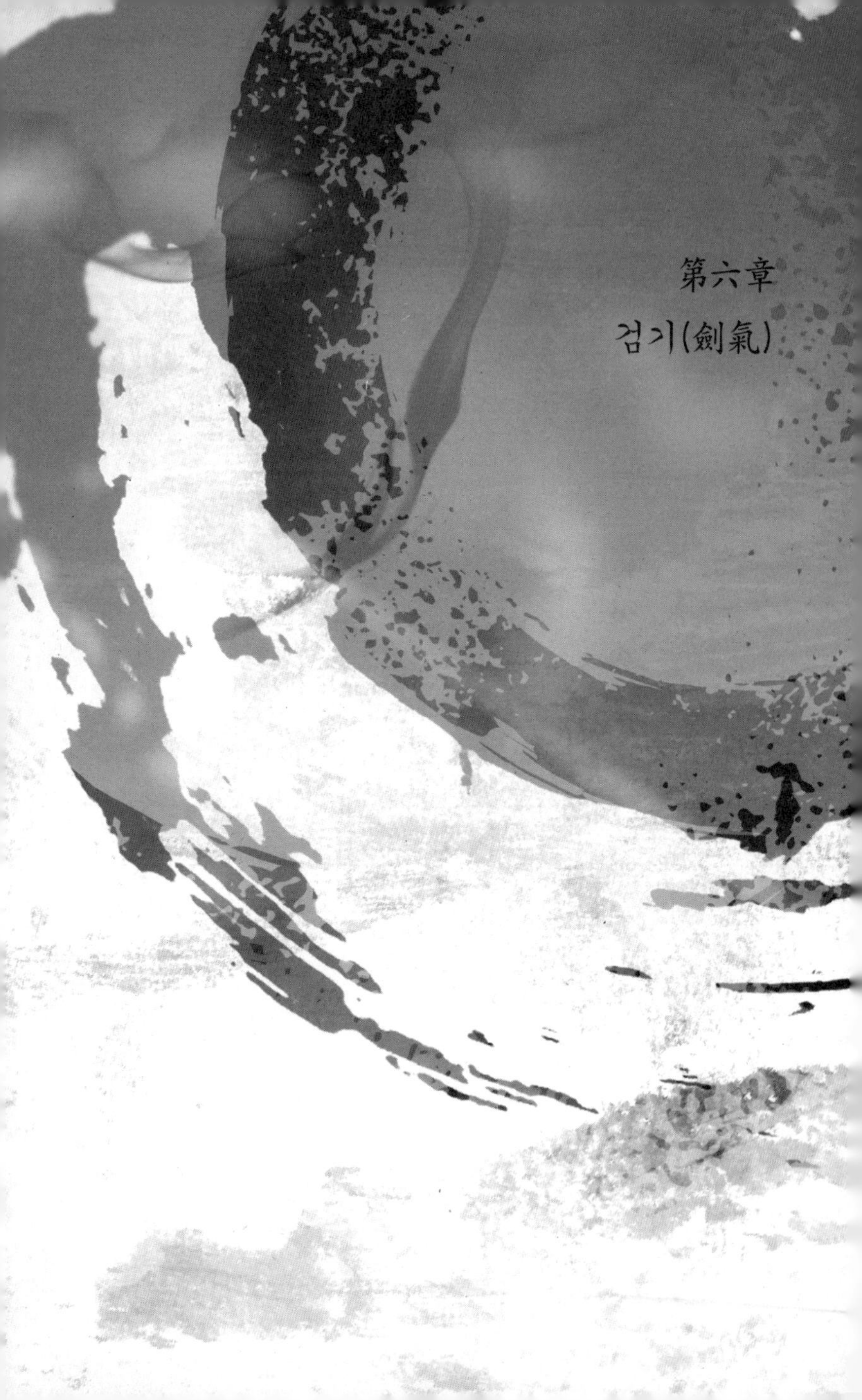

第六章

검기(劍氣)

"으어어……."

그때 화운룡 뒤쪽에서 갑자기 누군가 자지러지는 신음 소리가 흘러나왔다.

화운룡과 운설, 명림 등이 뒤돌아보자 화명승과 화성덕 등 네 사람의 안색이 새하얗게 질려 있는 모습이 보였고 신음은 그들의 입에서 흘러나오고 있었다.

아까 분명히 화운룡이 운설을 혈영단주라고 소개를 했는데 그게 이제야 화명승 등에게 제대로 전달이 되어 혼비백산하는 것이다.

화명승 등의 시선은 일제히 운설에게 쏠려 있다가 그녀가 뒤돌아보자 부르르 몸을 세차게 떨더니, 일제히 의자에 털썩 주저앉으며 급급히 그녀를 외면하느라 바빴다.

그들의 얼굴에는 저승사자를 봤을 때의 표정이 새긴 듯이 떠올라 있었다.

그때 좌중에서 누군가 악쓰는 소리가 흘러나왔다.

화운룡이 굽어보자 선풍검대 앞줄의 연림이 혼자서 두 주먹을 부르쥐고 악을 쓰고 있었다.

그녀 딴에는 우렁찬 함성을 질러서 혈영살수들의 용설운검대를 환영하는 것이 분명한데, 이 넓은 대연무장에서 혼자, 그것도 여자가 내지르는 외침은 흡사 염소나 매미의 울음소리처럼 애처롭게 들렸다.

화운룡이 고개를 끄떡였다.

"용설운검대를 축하하는 사람은 선풍검대의 연림 한 명뿐이라는 말인가?"

그러자 뒤늦게 여기저기에서 '와아!' 하는 소리가 흘러나왔으나 여태까지 터져 나온 함성에는 비할 바가 못 되었다.

그렇지만 운설이나 무결을 비롯한 혈영살수들은 어느 누구도 섭섭하게 생각하지 않았다.

자신들의 위상이 이 정도라는 사실을 은연중에 즐기고 있기 때문이다.

화운룡이 두 사람을 호명했다.

"연림, 연오. 올라와라."

연림과 연오는 화들짝 놀랐다.

이렇게 모두가 모인 엄숙한 의식의 자리에서 느닷없이 화운룡이 자신들을 돌계단 위로 올라오라고 할 줄은 상상도 하지 못했기 때문이다.

갑작스러운 호명에 두 사람은 머릿속이 멍해져서 화운룡을 바라보기만 하고 그 자리에 우두커니 서 있었다.

장하문의 불호령이 떨어졌다.

"연림, 연오. 주군의 말씀을 듣지 못했느냐? 당장 올라오지 못하겠느냐?"

"네… 넷!"

"넷!"

두 사람은 화들짝 놀라서 전력으로 힘을 주어 발로 바닥을 박차고 화살처럼 돌계단 위로 쏘아 올라갔는데 화운룡 앞에 제대로 멈추지 못하고 비틀거렸다.

화운룡이 두 손을 뻗어 두 사람의 어깨를 잡아주고는 온화하게 말했다.

"연림은 용신으로, 연오는 호법대에 임명한다."

"네… 네?"

"아아… 그게 무슨……."

연림과 연오는 너무도 갑작스러운 상황 변화에 정신을 차리지 못하고 허둥거렸다.

장하문이 꾸짖으려고 하는 것을 화운룡이 만류하고 두 사람의 어깨를 도닥거렸다.

"림아."

"네……."

연림은 방금 화운룡이 했던 말을 되새기면서 긴가민가하는 표정을 지었다.

"용신이 되고 싶다고 말하지 않았느냐?"

"그… 랬습니다."

연림은 빠르게 정신을 수습했다.

"너를 용신으로 임명한다. 자리로 가라."

"아아……."

자신이 그토록 되고 싶어 하던 용신에 임명됐는데도 연림은 정신을 차리지 못하고 우왕좌왕했다.

이럴 땐 무조건 호통이 최고의 명약이라는 것을 아는 장하문이 버럭 소리쳤다.

"연림! 용신들이 어디에 있는지 모르는 것이냐? 당장 뛰어가지 못하겠느냐?"

"앗!"

연림은 한쪽에 서 있는 용신들을 향해 나는 듯이 달려가는

데 갑자기 눈물이 핑 돌았다.

소원이 이루어져서 춤이라도 덩실덩실 출 것처럼 기쁜데 어째서 눈물이 쏟아지는지 모를 일이다.

연림이 눈물을 펑펑 흘리면서 오자 선한 성품의 당한지와 화지연, 도도 등이 화사하게 미소를 지으며 반겼다.

"어서 와요."

"고마워요… 흑흑……."

용신들은 닭똥 같은 눈물을 흘리는 연림을 보면서 그녀가 왜 우는지 짐작하고도 남았다.

화운룡은 연오에게 호법대 열한 명의 소녀들이 있는 곳을 가리켰다.

"오야, 너는 저쪽 소녀들이 있는 곳으로 가라."

연오는 꽃처럼 아리따운 열한 명의 소녀들이 도열해 있는 곳을 보면서 쭈뼛거렸다.

"저… 는 무엇이 된 건가요?"

"호법대다."

"호법대……."

보다 못한 운설이 손을 뻗어 연오의 뒷덜미를 잡으려는 것을 명림이 제지했다.

탁!

명림의 손이 운설의 팔을 잡았다.

'훗!'

운설은 내심 코웃음을 치면서 명림의 손을 가볍게 뿌리치려고 했다.

그러나 운설은 명림의 손을 뿌리치지 못했을 뿐만 아니라 그녀의 손이 쇠갈퀴처럼 자신의 팔뚝을 잡고 있는 느낌을 받고 움찔했다.

미래에 명림은 무공으로나 공력으로나 절대로 운설의 상대가 되지 못했다.

최소한 운설이 알기로는 그랬는데 지금 명림이 도발을 하고 있으니 가소롭기 짝이 없다.

운설은 화운룡 앞이라서 참으려고 했는데 이렇게 되면 힘으로 명림을 굴복시킬 수밖에 없다고 생각했다.

명림이 먼저 도발했으므로 따끔한 맛을 보여줘야 정신을 차릴 것이다.

운설은 무려 이 갑자 백이십 년 공력을 일으켜서 명림의 손에 반탄력을 흘려보냈다.

그 정도면 기껏 칠, 팔십 년 공력인 명림은 질겁해서 손을 놓고 물러날 것이다.

"......"

그런데 명림이 여전히 쇠갈퀴처럼 운설의 팔을 잡고 있을 뿐만 아니라 얼굴색 하나 변하지 않는 것을 보고 운설은 움찔 가볍게 놀랐다.

명림은 앞으로 뻗은 상태인 운설의 팔을 천천히 아래로 내려놓고는 팔을 놔주었다.

그리고 운설은 명림이 한 걸음 뒤로 물러나 제자리로 돌아가면서 보일 듯 말 듯 희미한 미소를 짓는 것을 보았다.

운설은 기분이 아주 묘해졌다.

그녀는 방금 전의 작은 다툼으로 명림이 자신보다 훨씬 고강해졌다는 사실을 깨달았다. 그리고 명림이 저토록 고강해진 이유가 화운룡이 그녀에게 무언가 큰 은혜를 베풀었기 때문일 것이라고 직감했다.

그러지 않고서는 방금 전과 같은 일은 절대로 일어날 수가 없는 것이다.

화운룡이 돌계단 아래를 향해 조용한 목소리로 말했다.

"은한검대주 백청명은 앞으로 나와라."

호명을 받은 은한검대주 백청명이 재빨리 달려 나와 돌계단 아래에서 화운룡에게 정중히 허리를 굽혔다.

"속하 백청명, 주군의 하명을 기다립니다."

사석에서 화운룡은 장하문의 미래의 장인이자 백진정의 부친인 백청명에게 깍듯하게 예의를 갖춘다.

화운룡은 엄숙한 어조로 말했다.

"백청명을 총관(總管)에 임명한다."

허리를 굽히고 있는 백청명의 몸이 움찔했다.

방금 화운룡에 의해서 새로 신설된 총관은 말 그대로 문주를 대신하여 비룡은월문 전체를 이끄는 막중한 지위다.

굳이 서열을 따지자면 문주와 좌우호법에 이어서 삼 위다. 총관과 군사의 지위는 우열을 가리기 어렵다. 총관은 지휘권을 갖고 군사는 재량권을 갖기 때문이다.

백청명은 갑자기 가슴이 뭉클한 것을 느꼈다.

그는 제남 은한천궁의 패자였으나 방파가 통천방에 괴멸당한 채 가족과 생존자 겨우 백이십여 명을 이끌고 도주하여 비룡은월문에 몸을 의탁했다.

그랬었는데 화운룡의 도움으로 은한천궁 고수들로만 이루어진 은한검대를 만들 수 있게 되었다.

그는 은한천궁을 부활시키는 일 같은 것은 언감생심 꿈도 꾸지 않았다.

그저 은한검대주로서 헌신하면서 비룡은월문이 강성해지는 것을 위안으로 삼으려고 했다.

그러면서 딸 백진정이 장하문과 혼인을 하고 아내와 아들 백정견 등 가족과 함께 여생을 보낼 수만 있으면 그게 행복이라고 생각했다.

백청명은 고개를 들고 화운룡을 우러러 보았다.

"말씀은 고마우나 속하는 총관의 재목이 아닙니다. 부디 거두어주십시오."

그것은 백청명의 진심이다. 굴러들어온 그가 비룡은월문의 날고 기는 인재들을 두고 총관이라는 막중한 자리를 꿰찰 수는 없는 노릇이다.

화운룡은 진지한 표정으로 말했다.

"그대는 아직 창창한 나이인데 벌써부터 편하게 쉴 생각만 하고 있군."

"주군……."

백청명은 화운룡이 자신의 의중을 간파했음을 깨달았다.

"나는 그대가 절실히 필요하니 사양하지 말고 총관의 지위를 받으라."

화운룡이 저렇게까지 말하는데 백청명이 계속 고사한다면 그 또한 불충이며 배은망덕일 것이다.

백청명은 다시 한번 허리를 굽히는데 이제는 가슴이 뭉클하는 정도가 아니라 온몸을 쥐어짜서 물기를 짜내는 것처럼 감동이 휘몰아쳤다.

"주군의 명을 받듭니다."

"총관은 올라와서 자리를 잡으라."

아까 운설은 화운룡의 부름에 둥실 몸을 띄워 단번에 돌계단 위로 올랐으나 백청명은 계단을 밟아서 올라가 두 명의 태상문주와 좌우호법에게 예를 취한 후 장하문 옆에 섰다.

백청명이 총관의 자리에 오른 일은 비단 백청명 혼자만의 홍복이 아니다.

백청명의 전격적인 등용은 군사인 장하문조차도 몰랐던 일이라서 그는 장인의 승급에 크게 감동했다.

오래지 않아서 춘추십패에 오를 비룡은월문에서 장인은 총관이고 사위는 군사이며 딸은 용신이니 이처럼 쟁쟁한 가문이 어디에 있겠는가.

화운룡과의 미래에 대해서 운설이나 명림만큼 알지 못하는 장하문은 내심 감탄을 거듭했다.

'이래서 다들 화운룡 화운룡 하는 거로구나.'

"백정견은 앞으로 나오라."

그런데 파격은 그것이 끝이 아니다. 화운룡이 백청명의 아들 백정견을 호명한 것이다.

은한검대 앞줄에 서 있던 백정견은 깜짝 놀라서 급히 앞으로 나와 예를 취했다.

"속하 백정견, 주군의 하명을 기다립니다!"

"너를 은한검대주에 임명한다."

"……."

백정견은 난데없는 임명에 소스라치게 놀라 굳이 그러지 않아도 되는데 그 자리에 풀썩 엎드려 부복했다.

"소… 속하 주군의 명을 받듭니다……!"

그가 커다랗게 외치는 목소리가 마구 떨리는 것을 듣지 못한 사람이 없다.

조금 전에 총관에 임명되어 돌계단 위에 서 있는 백청명은 난데없는 겹경사에 몸을 부르르 떨더니 갑자기 울컥하고 뜨거운 눈물이 흘러내렸다.

장하문은 그런 장인을 보면서 흐뭇한 미소를 짓고 있다가 자신이 눈물을 흘리고 있다는 사실을 깨닫고 어이없는 표정을 지었다.

'하하… 주군께선 도대체 오늘 얼마나 많은 사람들을 울리셔야 직성이 풀리실 것인가…….'

비룡검대주 감형언과 해룡검대주 조무철, 사해검대주 당평원 등 사십 대 후반의 비슷한 연배인 세 사람은 은한검대의 거듭된 경사를 지켜보면서 자신들의 일처럼 기뻐했다.

'허허허! 대저 어느 누가 주군을 이십 대 새파란 청년이라고 하겠는가. 그의 공평무사함과 광명정대함은 어느 누구라도 흉내조차 내지 못할 것이다.'

커다란 희생을 치른 후에야 깊은 깨우침을 얻어서 불가나 도가에 귀의한 것처럼 비룡은월문에 합류한 당평원은 그저 요즘 같은 나날과 일상이 편하고 기쁘기만 하다.

어째서 예전에는 이런 태평한 삶을 살지 못했는지 그게 원망스러울 정도다.

"당평원 앞으로 나오라."

'허허… 저런 주군을 죽을 때까지 모실 수 있으니 나야말로 복 많은 사람이 아닐런가.'

당평원은 흐뭇함에 빠져서 화운룡의 호명마저 듣지 못했다.

뒤에 서 있는 그의 최측근 반소창이 급히 전음으로 그를 일깨워 주었다.

[대주, 주군께서 부르십니다.]

"……."

당평원이 의아한 표정을 지을 때 화운룡이 다시 한번 그를 호명했다.

"당평원 어디 갔는가?"

당평원은 돌계단 위의 화운룡이 일부러 주위를 두리번거리는 모습을 보고 움찔 놀라 화살처럼 달려 나가 시립했다.

"속하 당평원, 주군의 부름을 받듭니다!"

그러면서 당평원은 설마 주군이 자신에게 어떤 지위라도 내리려는 것인가 하는 생각이 얼핏 들었다.

정말 그런 일이 일어난다면 목숨을 걸고 사양하리라 마음먹었다. 은혜를 갚지도 못했는데 또다시 은혜를 입는다는 것은 실로 후안무치한 일이다.

"당평원을 총대주(總隊主)에 임명한다."

"주군……."

당평원의 우려는 적중했다. 우려. 그렇다. 그는 그것을 우려라고 생각했다.

자신이 화운룡에게 삼생을 살면서 갚는다고 해도 갚지 못할 대은을 입었는데 총대주에 오르라는 은혜를 또 입다니 가슴이 먹먹해졌다.

그는 반드시 이것만은 사양하리라고 마음먹고 뭔가 말하려는데 화운룡이 먼저 말했다.

"오늘 내가 하는 임명에 대해서 불만인지 뭔지 다들 딴죽을 거는데 당평원 그대는 그러지 말라."

"주군……."

당평원은 자신이 총대주의 재목은 절대 아니라는 생각에 극구 사양하려다가 화운룡의 말을 듣고는 말문이 막혔다.

"위로 올라오게."

화운룡은 백청명처럼 당평원도 총대주 지위를 사양하겠다고 할까 봐 선수를 쳤다.

총대주라면 일검대 비룡검대부터 혈영단으로 이루어진 십일검대 용설운검대까지 총망라하는 최고 지휘자다. 또한 총관 백청명과 동급이다.

"반소창 앞으로 나와라."

당평원이 여전히 머뭇거리고 있는데도 상관하지 않고 화운룡이 다시 호명했다.

반소창은 당평원의 최측근이다. 지금 시점에서 화운룡이 호명한 사람은 무조건 사해검대주에 오를 것이다.

당평원이 뒤돌아보니 반소창이 당황한 표정으로 급히 달려나오고 있다.

순간 당평원은 반소창의 얼굴에 당황하면서도 기쁜 표정이 떠올라 있는 것을 발견했다.

반소창도 이 시점에서 자신이 호명됐다는 것이 무엇을 의미하는지 느낌이 왔을 것이다. 그걸 모르면 바보다.

반소창은 사해검문 시절에 뇌검당주로서 문파 전체가 천외신계에 장악된 상황에서도 당평원의 오른팔로서 목숨을 바쳐 충성한 최측근 중에서도 최측근이었다.

그런 반소창이 사해검대주의 지위에 오를 수 있는 길이 열렸는데 당평원이 그걸 가로막는다는 것은 결코 상전이 할 일이 못 된다.

비룡은월문은 예전 사해검문하고는 비교도 할 수 없을 정도의 대문파로 비상하고 있는 문파다.

이런 문파의 대주 지위에 오른다는 것은 사해검문 시절 당주하고는 차원이 다르다.

고로 반소창은 마침내 목숨을 걸고 충성을 바쳤던 보답을 받는 길이 열린 것이다.

당평원은 몸가짐을 바로 하고 화운룡을 향해 공손히 허리를 굽히며 웅혼하게 외쳤다.

"속하 당평원, 주군의 명을 받듭니다!"

그가 돌계단을 오르고 있을 때 화운룡의 말이 들렸다.

"반소창을 사해검대주에 임명한다."

당평원의 가슴속으로 뜨거운 눈물이 흘렀다.

'이런 것이 바로 제대로 살아가는 인생이 아니겠는가…….'

*　　　　*　　　　*

다각다각…….

번화한 해릉 포구에 두 필의 말을 타고 들어오는 두 사람의 모습은 사람들의 이목을 끌기에 충분했다.

두 사람은 황산파를 떠난 율타와 해화인데 칠흑 같은 흑마와 눈처럼 희디흰 백마를 타고 있으므로 행인들의 시선을 끄는 것이 당연했다.

그렇지만 해릉 포구가 워낙 많은 행인들과 오가는 수레들 때문에 매우 번잡한 탓에 율타와 해화는 그다지 오래 시선을 끌지는 못했다.

율타와 해화는 오늘 묵을 객점에 흑마와 백마를 맡기고 해릉 포구로 나와서 아담한 배 한 척을 빌려 타고 동태하 강으로 나왔다.

율타와 해화는 배 뒤쪽 갑판에 마련된 탁자에 앉아서 늦은 오후의 따사로운 햇살을 받으며 한가롭게 술을 마셨다.

누가 보더라도 두 사람은 산천경개를 유람하러 다니는 유복한 가문의 자제들 같았다.

노를 젓고 있는 뱃사공이 물었다.

"웬만한 곳은 다 돌아보았는데 공자들께서 더 보고 싶으신 곳이 있으십니까?"

배에는 작은 돛을 달았으며 속도를 내거나 방향을 조정하기 위해서 두 명의 뱃사공이 배의 앞뒤에 있다.

율타가 술잔을 쥔 손으로 강 건너를 가리켰다.

"저것은 무언가?"

저 멀리 강 한복판의 백암도에 우뚝 솟아 있는 흰색의 거대한 성채는 어디에서나 잘 보인다. 얼핏 보기에도 마치 황제가 산다는 자금성처럼 거대한 모습이다.

"비룡은월문입죠."

"문파인가?"

율타는 모른 체했다.

뱃사공은 말도 안 된다는 표정을 지었다.

"아니, 공자께선 설마 춘추십패 비룡은월문을 모르신다는 말씀입니까?"

"모르네. 자넨 비룡은월문에 대해서 잘 아나?"

"이를 말씀입니까요?"

"어디 설명해 보게."

율타는 비단 주머니에서 은자 한 냥을 꺼내 손가락으로 툭 던져주었다.

졸지에 은자 한 냥의 수입을 올린 뱃사공은 그때부터 비룡은월문에 대해서 주워 들은 수많은 얘기들을 침을 튀기면서 설명하기 시작했다.

율타와 해화가 묵고 있는 객점에 천외신계 비찰림 팔로주가 찾아왔다.

"조사해 본 결과 황산파를 괴멸시킨 것은 비룡은월문이 거의 확실합니다."

팔로주는 공손한 자세로 말했다.

이 건물은 삼 층이 객점이고 일 층과 이 층이 주루인데 율타와 해화는 이 층 창가 자리에서 저녁 식사를 겸해 술을 마시고 있는 중이다.

"어떻게 확실하다고 말하는 것이냐?"

주루 안에 있는 사람들 때문에 율타, 해화와 동석하고 있지만 팔로주는 감히 요리에는 손도 대지 못한 채 꼿꼿한 자세로 대답했다.

"속하가 이것저것 많은 것들을 조사했으며 그런 여러 정황으로 미루어 봤을 때 비룡은월문이 황산파를 괴멸시킨 것이 분명한 것 같습니다."

"분명한 것 같다는 것은 분명한 것과는 다른 말이지."

"그… 렇습니다."

율타의 지적에 팔로주는 전전긍긍했다.

오늘 비룡은월문에서 황산파의 의인들이 의검대가 됐다는 소문은 아직 밖으로 흘러나오지 않았다.

하지만 화운룡이 그런 것들을 굳이 비밀로 하지 않기 때문에 며칠만 지나면 황산파뿐만 아니라, 호북연세가가 선풍검대가 된 것과 심지어 혈영단이 용설운검대가 됐다는 사실도 외부에 알려지게 될 터이다.

"비룡은월문에 대해서 설명드리겠습니다."

팔로주의 설명을 들으면서 율타와 해화는 다정하게 술잔을 기울였다.

해화는 피풍의를 벗고 화사한 꽃무늬를 수놓은 상의와 긴 치마를 입었으며 여전히 연분홍 면사로 얼굴을 가리고 눈만 내놓은 모습이다.

"됐다."

율타는 한창 설명을 하고 있는 팔로주의 말을 잘랐다.

"필요하면 부르겠다."

그만 가라는 뜻이다. 팔로주는 공손히 허리를 굽히고는 주루에서 나갔다.

율타가 팔로주를 내보낸 것은 그의 설명이나 아까 뱃사공에게 은자 한 냥을 주고 비룡은월문에 대해서 들은 얘기나 하등의 다를 것이 없기 때문이다.

오히려 비룡은월문에 대해서는 뱃사공이 더 잘 알고 있는 것 같았다.

솔직히 율타는 황산파나 비룡은월문의 일보다는 해화와 단둘이서 오붓하게 술을 마시며 보내는 시간이 비교할 수 없을 만큼 좋다.

원래 율타는 술을 그다지 좋아하지 않는 편이지만 해화가 애주가여서 덩달아 술을 즐기게 되었다.

또한 율타는 취미 같은 것이 별로 없지만 해화를 연모하는 나머지 그녀의 독특한 몇 가지 취미를 따라서 하게 되었으며 지금은 그녀보다 더 그 취미들에 푹 빠져 있었다.

해화의 여러 가지 취미들 중에는 노래 부르기 가창(歌唱)과 독서가 있는데 지금은 율타가 오히려 그것들을 더 좋아하게 되었다.

하지만 해화의 탁월한 실력을 따라가려면 아직 멀었다. 율타는 지금껏 해화보다 더 노래를 잘 부르는 사람을 본 적이 없으며 그녀보다 박식한 사람은 만난 적이 없었다.

율타는 해화의 크고 아름다운 푸른 눈을 보면서 말했다.

"비룡은월문에 들어가 봐야겠어."

"괜찮겠어요?"

해화가 염려스러운 표정을 지었다.

율타는 그녀가 자신을 걱정해 주는 그런 표정을 좋아한다.

"사매는 설마 내가 비룡은월문에 잠입했다가 무슨 사고라도 당할까 봐 걱정하는 것은 아니겠지?"

그래서 그는 해화가 좀 더 자신을 염려해 주기를 바라면서 때로는 과한 행동을 하기도 한다.

"그렇지만 사람 일이라는 것은 아무도 모르는 거예요."

"내가 비룡은월문에 잠입했다가 무슨 일이 생기면 사매가 구하러 올 거야?"

율타는 절대로 그런 일이 발생하지 않을 것이라고 장담하면서도 일부러 그렇게 물어보았다.

해화의 푸른 눈에 염려가 더욱 짙어졌다.

"그걸 말이라고 하는 건가요? 율타 사형 없으면 저는 어떻게 하라고요?"

율타는 너무 기뻐서 이곳에 아무도 없다면 발을 동동 구르고 만세를 부르면서 펄쩍펄쩍 뛰고 싶었다.

* * *

십육룡신들은 오늘 화운룡에게 배운 검기에 대해서 부지런히 연마를 하고 있다.

군사인 장하문은 물론이고 새로 용신이 된 황룡 반옥과 선룡(旋龍) 연림도 연무장 곳곳에 자리를 잡고 검기 연마에 비지땀을 쏟고 있는 중이다.

화운룡은 십육 명을 일일이 돌보면서 미비한 부분들을 자상하게 풀어서 설명하고 직접 시연을 해 보이기도 했다.

화운룡은 모두에게 말했다.

"너희들 중에서 오늘 당장 검기를 전개하는 사람이 있다면 천재라고 할 수 있다. 그만큼 어려운 일이니까 조급하게 마음먹지 말고 천천히 해라."

그는 누구의 진전이 빠르고 누가 느린지 이미 다 파악했다.

모두들 똑같은 검 즉, 하룡검을 사용하여 검기를 연마하고 있으며 세 사람, 보진과 반옥, 연림이 가장 빨리 성공할 것이라고 내다보았다.

그녀들 세 사람의 공력이 가장 높기 때문인데, 지금 연마하고 있는 것을 보면 적어도 보름에서 한 달 정도 연마하면 최초의 검기를 발출할 수 있을 것 같았다.

화운룡은 보진 옆을 지나다가 걸음을 멈추고 그녀를 묵묵히 지켜보았다.

보진은 전면 이 장 거리에 있는 키 높이의 석판을 향해서 연거푸 검기 발출을 시도하고 있는 중이다.

그런데 화운룡이 보기에 보진은 검기에 대한 이해와 자세는 탁월한데 정작 중요한 공력을 검기로 바꾸는 과정에서 자꾸만 실수를 하고 있다.

"진아."

"어머?"

연마에 몰두해 있느라 화운룡이 지켜보고 있는 것도 모르고 있던 보진이 깜짝 놀랐다.

"하아아… 주군……."

보진은 얼마나 땀을 흘렸는지 얼굴은 세수를 한 것 같고 방금 물속에서 나온 사람처럼 옷이 흠뻑 젖어서 몸에 달라붙은 모습이다.

화운룡은 보진의 어깨에 손을 얹고 설명했다.

"공력을 체내에서 검기로 만드는 것이 아니다. 몸속에 검이 없는데 어떻게 공력을 검기로 만들 수 있겠느냐?"

"네……."

보진은 얼굴을 붉혔다.

화운룡이 보기에 보진이 번번이 실패하는 이유는 바로 그거였다. 그녀는 체내에서 공력을 검기로 만들어서 발출하려고 부단히 노력하고 있었다.

보진은 죄스러운 표정을 지었다.

"죄송해요."

"네 잘못이 아니니다."

요즘 들어서 보진은 많이 의기소침해 있었다. 얼마 전까지만 해도 그녀의 임무가 화운룡을 지근거리에서 호위하는 것이었는데, 명림이 오고 호법신이 된 이후로 보진은 화운룡 곁에 얼씬도 할 수가 없는 상황이 돼버렸기 때문에 하루 종일 우울해 있는 것이다.

"공력을 기승화(氣昇化)시키는 법은 알지?"

"네."

체내에서 공력을 기승화시켰다가 그것을 검에 주입하면서 검기로 변환시켜야 한다.

화운룡이 용신들 모두의 생사현관을 추궁과혈수법으로 타통해 주었으며, 몇 사람은 그보다 더한 과정을 겪기도 한 덕분에 용신의 여자들이라면 다 보진과 같은 깊은 연심을 화운룡에게 품고 있다.

용신의 남자들은 화운룡이 추궁과혈수법을 전개했더라도 그저 그런 반응이다.

남자들끼리 몸을 만졌다고 이상한 기류가 형성되지는 않는다. 그것이 남녀의 묘한 차이이다.

하지만 용신의 여자들 중에서도 보진만큼은 달랐다. 아니,

특별했다.

그녀는 늘 화운룡의 그림자처럼 함께 움직였으며 몇 번이나 천옥보갑을 입고 한 몸처럼 일체신공을 전개했다.

그 과정에 화운룡의 공력이 보진의 단전에 여러 번 들어갔으며 그때마다 그녀는 자신과 그의 일체감을 맛보면서 흡사 그의 부인이라도 된 것 같은 착각을 느껴야만 했다. 그렇게 그녀와 화운룡의 내밀한 관계가 형성됐다.

그것은 아무에게도 말하지 않은 그녀만의 은밀한 느낌이고 비밀이었다.

설사 화운룡이라고 해도 그녀와 같은 느낌을 공유하지는 못했을 것이다.

원래 일체신공을 해도 단전에 들어가는 사람과 그것을 받아들이는 사람의 느낌은 판이하기 때문이다.

그런데 그런 상황을 명림이 대체하게 됐다. 그것은 명림이 원했기 때문이 아니라 보진이 화운룡에게 권유를 해서 그렇게 된 것이다.

황산파를 공격하는 일이 워낙 중요했기에 보진보다 공력이 높은 명림이 화운룡하고 일체신공을 해야만 한다고 생각했기 때문인데, 순전히 보진의 순수한 성격의 발로다.

그런데 그로 인해서 보진은 화운룡하고 본의 아니게 멀어지게 된 것이다.

"자, 이렇게 해보자."

화운룡이 보진의 뒤에 서면서 그녀의 왼손과 오른손을 동시에 잡았다.

'아…….'

보진은 그가 무엇을 하려는 것인지 직감하고는 심장이 철렁 내려앉았다.

화운룡이 그녀의 뒤에서 몸을 붙였다.

"단전을 열어라."

천옥보갑을 입지 않은 채 단전을 개방하여 일체신공을 이루려는 것이다.

보진이 단전을 개방하자마자 화운룡의 공력이 밀려 들어왔다.

"하악!"

그의 공력이 갑작스레 밀려들어오는 기세에 보진의 입에서 짤막한 비명이 터져 나왔다.

일체신공을 자주 해서 익숙할 때는 잘 몰랐지만 오랜만에 하니까 깜짝 놀랐다.

"왜 그러느냐?"

"아… 아니에요."

보진은 일체신공이 이렇게나 기묘한 것이었는지 새삼스러운 기분이 들었다.

"잘 봐라."

화운룡의 말은 체내의 공력을 어떻게 운용해서 기승화를 만드는지 잘 느끼라는 것이다.

화운룡이 보진의 공력은 물론이고 두 사람이 일체신공을 하면 생성되는 공력까지 합쳐서 다스리기 시작했다.

그 과정에서 그는 일체신공을 하면 생성되는 공력이 삼십 년으로 상승했다는 사실을 깨달았다.

마지막 보진과 일체신공을 했을 때에는 이십오 년이었는데 이번에는 삼십 년, 예전보다 오 년이 더 생성됐다. 원인은 모르겠지만 어쨌든 좋은 일이다.

그뿐만이 아니라 화운룡 자신의 공력도 오 년 증진되어 일갑자 육십 년이 되었다. 그래서 두 사람의 일체신공은 이백십 년이 된 상태다.

츠으읏—

앞으로 곧게 뻗은 보진의 검에서 푸르스름한 반투명의 기운이 발출되어 전면의 석판을 향해 일직선으로 쏘아가는데 마치 번갯불이 번뜩이는 것 같다.

게다가 얼마나 빠른지 발출됐다고 여긴 순간 이미 석판에서 둔탁한 음향이 터졌다.

쩌껑!

석판에서 그런 음향이 터졌다는 것은 연무장 내에서 누군가 검기를 성공시켰다는 뜻이다.

십오룡신 모두 동작을 멈추고 일제히 소리가 들려온 곳을 급히 쳐다보았다.

"아아……."

"오오… 성공이야……."

그러고는 용신들 입에서 일제히 탄성이 터져 나왔다.

보진 전면 이 장 거리에 있는 반 자 두께의 석판 가슴 높이에는 주먹 하나 크기의 구멍이 뻥 뚫려 있었다.

방금 전 번갯불 같은 푸른빛, 즉 검기가 반 자 두께 석판을 관통한 것이다.

누가 시킨 것도 아닌데 용신들이 우르르 화운룡과 보진에게 모여들어 석판을 쳐다보며 한마디씩 했다.

"주군! 진 언니가 어떻게 해서 성공한 거예요? 주군께서 가르침을 주셨나요?"

"와아……! 석판이 완전히 관통됐어요……!"

일체신공을 해체한 상태인 화운룡은 보진 어깨에 손을 얹고 엷은 미소를 지었다.

"알겠느냐?"

보진은 환한 미소를 지으며 자신 있게 고개를 끄떡였다.

"이제 알 것 같아요."

보진은 화운룡과 일체신공을 했을 때 그가 어떻게 공력을 운용하여 기승화를 시키고 그것을 검에 주입하면서 검기로 만들었는지 생생하게 느꼈다.

"해봐라."

화운룡이 뒤로 몇 걸음 물러나면서 고개를 끄떡였다.

第七章

어린 오리와 병아리

모두들 우르르 뒤로 물러서고, 보진은 하룡검을 움켜잡고 석판과 마주 섰다.

현재까지 용신들 중에서 검기를 성공시킨 사람은 보진이 유일하기 때문에 다들 긴장한 표정으로 눈도 깜빡이지 않고 숨죽인 채 그녀를 주목했다.

보진은 석판을 쏘아보면서 여러 차례 심호흡을 하며 조금 전 화운룡과 일체신공했을 때의 상황을 되짚어보면서 천천히 공력을 끌어 올렸다.

"……!"

그러다가 보진이 가볍게 움찔했다. 뭔가 이상했다. 아까보다 공력이 증진된 것 같았다. 다시 한번 조심스럽게 확인해 봤지만 공력이 증진된 것이 틀림없다.

원래 그녀의 공력은 대단전(大丹田) 하나에 꽉 찼었다. 중단전(中丹田) 하나가 일 갑자 육십 년이고 그게 두 개면 대단전이 된다. 즉, 대단전 하나면 이 갑자 백이십 년 공력이라는 얘기다. 그게 생사현관을 타통한 이후 그녀의 공력이었다.

그런데 지금 대단전 하나가 가득 차고도 소단전(小丹田) 세 개의 공력이 꽉 찬 상태다.

소단전 하나는 십 년이니까 세 개면 삼십 년이다. 그러니까 삼십 년 공력이 증진되어 백오십 년이 됐다는 뜻인데 어째서 이런 일이 생겼는지 모를 일이다.

보진이 의아한 얼굴로 화운룡을 바라보며 전음을 했다.

[공력이 삼십 년 상승했어요.]

화운룡은 빙그레 미소 지었다.

[너하고 일체신공을 했을 때 생성된 삼십 년 공력이 네 것이 된 것이니 괜찮다.]

[아… 그런가요?]

보진은 너무나 기뻐서 날아갈 것만 같은 기분이다. 오랜만에 화운룡하고 일체신공을 했는데 생각지도 않았던 공력이 삼십 년씩이나 상승했으니, 그야말로 임도 보고 뽕도 딴 격이 아니겠는가.

보진은 기쁨을 겨우 억누르고 백오십 년 공력을 끌어 올려 화운룡이 가르쳐 준 구결에 따라서 기승화를 만드는 이십팔 혈도에 주천시켰다.

그런데 화운룡이 할 때는 공력이 이십팔 혈도의 주천을 마치면 기승화가 됐었는데 보진은 되지 않았다.

[진아, 더 빠르게 해라.]

화운룡의 전음이 들려오자 보진은 이번에는 첫 번째보다 더 빠르게 공력을 이십팔 혈도에 주천시켰다.

공력을 이십팔 혈도에 주천시킨다고 해서 무조건 기승화가 되는 것이 아니다. 공력이 이십팔 혈도를 주천하면서 기승화로 변환할 듯 말 듯한 느낌이 전해졌다.

보진이 다시 세 번째와 네 번째를 연달아 주천시키며 주천 속도가 조금씩 더 빨라졌다. 이윽고 다섯 번째 주천 때 마침내 공력이 기승화로 변환되는 느낌이 들었다.

'지금이야!'

보진은 재빨리 기승화를 하룡검에 주입하면서 검을 뻗어야 하는데 얼떨결에 비룡운검 일초식을 전개했다.

츠우웃!

순간 보진이 떨친 하룡검에서 마치 채찍을 휘두른 것 같은 반투명한 푸른 기운 즉, 검기가 물결치듯이 뿜어졌다.

쩌러렁!

그와 동시에 석판에서 날카로우면서도 둔탁한 음향이 터졌다. 모두의 긴장한 시선이 석판으로 집중됐다.

파아아…….

검기가 적중한 석판에서는 돌가루가 부옇게 흩날렸다.

그리고 사람들은 석판의 상층부 왼쪽에서부터 하층부 오른쪽에 이르는 새 을(乙) 자의 뚜렷한 흔적을 보았다. 칼로 새긴 듯한 검흔이다.

드긍…….

그때 석판에서 묵직한 소리가 흘러나왔다. 석판이 분리하는가 싶더니 잠시 후 묵직하게 무너져 내렸다.

쿠쿠쿵! 우드등…….

바닥에는 네 개의 크기가 다른 석판 조각들이 떨어져 있으며, 새 을 자로 자른 결과물이다. 그리고 석판의 잘린 면(面)은 마치 칼로 무를 자른 것처럼 매끄러웠다.

"아아……."

보진은 자신이 검기를 성공시켰다는 사실이 믿어지지 않아서 아무 말도 하지 못하고 입을 벌린 채 눈만 깜빡거리며 석판 조각을 바라보았다.

한순간 용신들이 '와아!' 하는 함성을 터뜨리자 보진은 화들짝 놀랐다.

도도가 믿을 수 없다는 표정으로 석판 조각들을 가리켰다.

"진 언니! 도대체 어떻게 했기에 석판이 여러 조각이 나버린 건가요?"

"나는… 비룡운검 일초식을 전개했어."

다들 크게 놀랐다. 보진이 단지 검기만 발출한 것이 아니라 그것을 초식으로 응용했기 때문이다.

"진 언니! 어떻게 한 것인지 가르쳐 주세요!"

"진아! 무슨 특별한 수법이라도 전개한 거야?"

다들 보진을 영웅이라도 대하듯이 에워싸고 한마디씩 했다.

화운룡이 팔짱을 끼고 그 광경을 보면서 빙그레 미소 짓고 있는데 반옥이 옆으로 다가와서 공손한 자세를 취하며 넌지시 전음을 보냈다.

[주군께서 저 아이에게 가르침을 주신 거죠?]

화운룡은 엷은 미소를 지으며 고개를 끄떡였다.

생사현관 타통으로 이십 대 중반의 나이가 된 반옥이 의미심장한 미소를 지었다.

[저한테도 그 가르침을 주실 건가요?]

결과적으로 화운룡은 십육룡신 모두와 일체신공을 전개하여 검기를 전개할 수 있도록 했다.

일체신공은 상대가 누구든지 가리지 않았으며 그 방법으로 검기를 발출하지 못하는 용신은 아무도 없었다.

다만 용신들 각자의 공력이 다르기 때문에 검기 발출을 성공했더라도 위력의 차이가 있다.

연무장 안에는 여기저기에서 용신들이 검기를 발출해 석판을 박살 내는 음향이 어지럽게 터져 나왔다.

신바람이 난 용신들이 연달아서 검신을 발출하는 바람에 결국 석판들은 흔적도 없이 사라졌다. 그런데도 용신들은 아쉬움이 남아서 어디 검기를 발출할 마땅한 표적이 없을까 두리번거렸다.

화운룡은 무사들에게 연무장을 청소시킨 후에 새 석판들을 가져오도록 했다.

비룡은월문에는 세 부류의 사람들이 있으며, 하나는 고수 이상의 반열에 든 사람들 즉, 용신들을 비롯한 일검대에서 십일검대까지이고, 또 하나는 일반 무사들로서 그들은 비룡은월문의 각 구역을 경계하거나 고수들을 받쳐주는 역할을 한다.

그리고 마지막 한 부류가 하인과 하녀, 숙수들이다.

비룡은월문 두 명의 태상문주 화명승과 화성덕이 건곤정에서 성대한 연회를 열었다. 새로 좌우호법과 총관, 총대주에 오른 사람들을 축하하는 의미의 연회다.

사실 화성덕의 두 번째 부인이 된 문소향이 화성덕에게 언질을 주어 연회가 베풀어진 것이다.

부친 화명승이나 조부 화성덕은 예전 유명무실한 삼류문파였던 해남비룡문의 문주였기 때문에 강호의 예절이나 문파 내의 대소사에 대해서는 잘 모른다.

화명승과 화성덕은 예전 같으면 감히 쳐다보지도 못했을 굵직굵직한 수하들을 이렇게나 많이 거느려 본 적이 없었고, 오늘날의 비룡은월문 같은 대문파는 구경조차 해본 적이 없기에 이런 날 축하연 같은 것을 열어줘야 한다는 사실을 알고 있을 턱이 없다.

문소향의 친정은 태주현의 소문파 중에 하나인 옥풍장(玉風莊)이며, 예전의 해남비룡문 정도의 삼류지만 옥풍장을 개파한 시조가 원래 명문 모산파 출신이어서 나름 뼈대와 지조를 자부하고 있다.

새파란 이십 대에 자식도 없이 청상과부가 되어 친정인 옥풍장으로 돌아와서 이십 년 넘게 생활하다가 어느 날 중매가 들어와서 화성덕의 두 번째 부인이 된 문소향은 현재까지는 남편인 화성덕을 잘 보필하면서 비룡은월문의 제일 큰 어른 노릇을 잘하고 있는 편이다.

드넓고 아름다운 호수 옆 성내의 여러 줄기 운하들이 교차하는 곳에 지어진 거대한 건곤정 삼 층에는 한창 주홍이 무르

익고 있었다.

대전에는 네 개의 커다랗고 둥근 탁자가 놓여 있다.

그중 하나의 탁자에는 화운룡을 비롯한 좌우호법, 원종과 비룡은월문 가족들이 앉아 있고, 또 하나의 탁자에는 총관과 총대주를 비롯한 열한 명의 대주들, 세 번째 탁자에는 손님인 신풍개와 혜성신니 일행, 백호뇌가 사람들이 둘러앉았다.

그리고 마지막 네 번째 탁자에는 장하문을 비롯한 십육룡 신들이 앉았다.

대전의 한쪽 벽 앞에서는 십여 명의 악사들이 음악을 연주하고, 그 앞 너른 곳에서는 잠자리 날개 같은 얇은 선녀 옷을 입은 무희들이 곡조에 맞춰서 너울너울 춤을 추며 주흥을 돋우고 있다.

화운룡이 앉은 탁자에는 그의 가족과 옥봉의 가족이 모여서 시간 가는 줄 모르고 대화를 나누고 있다.

아니, 사실 즐겁게 대화를 나누는 사람은 여자들뿐이고 남자들은 무희들이 춤추는 것이나 보면서 술잔을 기울였다.

여자들이라고 해서 다 여자가 아니다. 운설과 명림은 좌우호법이라는 지위 덕분에 화운룡네 탁자에 합석을 했지만 이곳 여자들하고는 어울리지 못하고 꼿꼿하게 앉아서 눈만 멀뚱거리고 있을 뿐이다.

화운룡네 탁자에서 이야기꽃을 피우고 있는 여자들은 화

운룡의 어머니인 주소혜와 화성덕의 부인이며 새 할머니가 된 문소향, 옥봉의 어머니 사유란, 그리고 옥봉이다.

이들 네 명의 여자들은 이미 여러 번 만나서 친분을 쌓은 덕분에 오늘 연회에서도 만나자마자 수다에 가까운 대화 삼매경에 빠져 있는 중이다.

사유란은 원래 상대가 누구든지 가리지 않고 워낙 사람을 좋아하는 편이라서 여자들 중에서도 그녀의 목소리와 웃음소리가 가장 컸다.

옥봉은 사유란에게는 딸이고 주소혜에겐 며느리이며 문소향에게는 손주며느리여서 귀여움을 독차지하고 있다.

더구나 옥봉은 대화의 화젯거리가 무엇이더라도 한 번도 막힘없이 세 여자의 궁금증을 술술 풀어주는 덕분에 주소혜와 문소향은 옥봉이 너무나 예뻐서 죽을 지경이다.

여자들이 화기애애한 반면에 어색한 남자들은 점잔만 빼고 앉아서 이따금 서로 술을 따라주고, 술잔을 들어 올려 두꺼비가 파리 잡아먹듯이 넙죽넙죽 술을 마실 때 말고는 시선도 마주치지 않았다.

그렇다고 화운룡이 이런 자리의 중간 역할을 자처하고 나설 정도의 주변머리하고는 거리가 먼 성격이라서 장인어른 주천곤과 화명승, 화성덕의 어색한 관계를 그저 멀뚱히 바라보고 있어야만 했다.

보다 못해서 화운룡이 운설과 명림에게 전음으로 도움을 요청하기에 이르렀다.

[설아, 림아, 너희들 어떻게 좀 해봐라.]

이런 술자리가 화기애애한 분위기여야 정상이라는 자체를 모르는 운설과 명림이 반문했다.

[뭘 말하는 건가요?]

[분부만 하세요, 운검.]

두 여자는 화운룡의 말 자체를 알아듣지 못했다.

[됐다.]

화운룡은 씁쓸한 얼굴로 고개를 흔들었다. 말귀도 알아듣지 못하는 그녀들이 남자들의 어색한 분위기를 풀어줄 수 있을 리가 만무하다.

운설과 명림은 화운룡과 뚝 떨어져서 서로 마주 보고 맞은편에 앉아 있는데, 그녀들 좌우에는 멋대가리 없는 화운룡의 매형 둘이 앉아서 그녀들의 눈치만 보고 있다.

두 명의 매형은 자신들 옆에 혈영객과 아미파 장로였던 여자가 앉아 있는데 긴장하지 않으면 정상이 아니다.

총명한 옥봉은 화운룡이 무엇 때문에 곤란해하는지 알아차리고 해결사로 나섰다.

화운룡 왼쪽에 앉은 옥봉은 화운룡 오른쪽에 앉은 주천곤에게 미소 지으며 말을 건넸다.

"아버지께선 원래 바둑을 좋아하시고 또 기회가 되면 낚시를 배우고 싶다지 않으셨나요?"

주천곤은 딸의 물음에 금세 화색이 돌았다.

"으… 응. 그런데 왜 그러느냐?"

옥봉이 공손히 화명승과 화성덕을 가리켰다.

"바둑은 아버님께서 적수를 찾아보지 못할 정도의 고수라고 들었으며, 낚시는 할아버님께서 조선(釣仙)의 경지에 이르셨다고 들었어요."

'조선'이라면 낚시의 신선이다.

주천곤의 눈이 번쩍 떠졌다.

"그렇더냐?"

주천곤은 바둑을 좋아하지만 이제 겨우 하수를 벗어난 수준이고, 낚시를 동경하여 언젠가는 꼭 배워야지 하면서도 이제껏 여러 가지 여건이 맞지 않아서 아직 배울 기회가 없었다.

화명승과 화성덕은 사돈인 주천곤하고 가까워지고 싶지만 그가 워낙 지엄한 신분인지라 감히 말도 붙이지 못하고 눈치만 살피고 있다가 옥봉의 말에 반색을 했다.

"아버님, 혹시 저희 아버지 바둑 좀 가르쳐 드릴 시간이 있으시겠어요?"

화명승은 벌떡 일어나서 껄껄 웃었다.

"하하하하! 시간이 있느냐고? 나는 남는 게 시간이란다!"

그는 공손히 주천곤의 의향을 떠봤다.

"그런데 혹여 전하께서 나 같은 사람하고도 바둑을 두시려는지 모르겠구나."

이미 신분이니 뭐니 진작 다 떨쳐 버린 주천곤은 두 손을 훠이훠이 마구 저었다.

"전하는 무슨 말라비틀어진 전하요? 그냥 사돈이라고 부르시구려!"

"어이구! 어떻게 제가 감히……."

"사돈이라고 불러야 나도 편하오."

"아무리 그래도 전하를 어떻게 사돈이라고… 저는 절대로 그렇게 못 합니다."

그때 운설이 술잔을 내려놓았다.

달그락…….

갑자기 탁자 둘레에 앉은 사람들이 조용해지고 고요한 적막이 흘렀다.

운설이 혈영단주이며 혈영객이라는 사실은 이제 더 이상 비밀이 아니다. 그러므로 그녀가 단지 술을 따르려고 빈 잔을 내려놓는 평범한 동작에도 다들 극도로 긴장하는 것이다.

주천곤과 화명승이 호칭을 갖고 실랑이 벌이는 것을 혈영객이 못마땅하게 여기는 것이라고 오해를 했다.

그러나 운설은 자기 때문에 다들 긴장하는 걸 아는지 모르는지 천천히 술병을 들어 빈 잔에 술을 따랐다.

꼴꼴꼴꼴…….

*　　　　*　　　　*

여자들도 수다를 멈추고 물끄러미 운설의 일거수일투족을 지켜보았다.

화운룡은 운설이 이 탁자의 분위기를 빙하 시대로 만드는 것이 마음에 들지 않아 전음을 보냈다.

[설아, 너 다른 탁자로 가야겠다.]

[왜… 왜요?]

화운룡이 툭 내던지듯이 말하자 술잔을 들어 입으로 가져가던 운설은 움찔 놀라서 물었다. 그녀를 놀라게 만들 사람은 화운룡뿐이다.

화운룡은 눈을 부라렸다.

[몰라서 묻는 거냐? 네가 저질러 놓은 이 분위기 어떻게 할 거냐?]

천하에서 오직 한 사람, 화운룡에게만 꼼짝 못하는 운설은 재빨리 눈동자를 굴려 탁자의 분위를 살폈다. 과연 화운룡 말처럼 다들 잔뜩 겁먹은 표정으로 그녀의 표정만 주시하고 있지 않은가.

[왜… 이러는 거죠? 제가 뭘 어쨌다고요?]

[네가 그냥 움직이기만 하면 이렇게 되는 거다.]

운설은 억울하다는 표정을 지었다.

[저더러 어딜 가라는 거죠?]

[알아서 해라.]

[안 가면 안 되나요?]

전음이거나 화운룡하고 단둘이 대화하는 것이 아니라면 운설은 절대 이런 식으로 어리광 부리듯이 말하지 않는다.

화운룡은 술을 마시는 체하며 전음을 했다.

[가기 싫으면 네가 책임을 지고 이 분위기 풀어놔라.]

운설의 표정이 복잡하게 변했다.

주천곤과 화명승, 화성덕 등은 운설의 표정이 수시로 변하자 더욱 긴장하여 숨도 쉬지 않고 가만히 있었다.

혈영단은 무림 최강의 살수집단이고 그 혈영단의 단주가 혈영객이다. 자고로 그 정도의 인물은 잠자코 있다가도 한순간 수틀리면 마성이나 살성이 도져서 발작을 일으켜 주변을 시산혈해로 만드는 법이다.

그러므로 지금은 혈영객이 화운룡 앞에서 발톱을 감추고 공손한 체하고 있지만 언제 어느 때 발작을 일으킬지 모르는 일이다, 라고 생각하면서 그녀의 눈치를 보며 전전긍긍하고 있는 것이다.

운설이 엉거주춤한 자세로 일어서 있는 주천곤과 화명승을 번갈아 쳐다보며 물었다.

"지금 무엇을 하고 계신 중이었습니까?"

화운룡 이외의 사람들에겐 북풍한설보다 더 싸늘하게 말하는 것이 습관인 운설이다.

"우… 우린……."

"어험! 험… 우리는… 그러니까……."

화명승과 주천곤은 머릿속이 하얗게 비어 자신들이 무엇을 하던 중이라는 걸 망각한 채 더듬거렸다.

운설이 정중하게 말했다.

"무엇을 하고 계셨는지 말씀해 주십시오."

제 딴에는 최대한 '정중'이지만 다른 사람들이 듣기에는 최후통첩이다. 물색없는 사유란이 대신 설명했다.

"이쪽 사돈어른께서 제 남편에게 '전하'라는 호칭을 쓰니까 제 남편이 '전하'라는 호칭은 듣기 거북하니 그냥 '사돈'이라고 부르라고 말씀하셨는데, 이쪽 사돈어른께서 어떻게 그럴 수가 있느냐면서 약간 실랑이가 벌어졌었어요."

사유란은 그나마 운설에게 겁을 먹지 않는 몇 안 되는 사람 중 한 명이다.

운설은 화명승을 쳐다보았다.

"사돈이라고 부르십시오."

"그게 그러니까……."

"어서요."

운설이 간절한 눈빛을 보내지만 화명승은 머리통이 빠개지는 듯한 살의를 느꼈다.

"사… 사… 사돈……."

"정확하게요."

"사돈."

"그쪽도요."

"사돈."

이번에는 화살이 자신에게 향하자 주천곤이 냉큼 말했다.

운설은 끝까지 정중했다.

"앞으로는 서로 그렇게 부르십시오."

"네!"

화명승과 주천곤이 입을 모아 대답했다.

운설은 보일 듯 말 듯 미소를 지으며 화운룡을 바라보았다.

[이제 됐죠?]

[네가 보기엔 된 것 같으냐?]

주천곤과 화명승은 자신들이 무슨 대화를 나누다가 이 지경이 됐는지를 망각하고 뻣뻣한 자세로 앉아 있었다.

[뭐가 어때서요?]

화운룡은 씁쓸한 표정을 지었다.

[안 되겠다. 너 다른 자리로 가라.]

[주군…….]

운설이 이러지도 저러지도 못하고 고민하고 있을 때 옥봉이 생글생글 미소 지으며 그녀에게 말했다.

"운설, 노래 한 곡 불러보세요."

"……."

자고로 가무, 특히 노래라는 것은 모두를 흥겹게 만드는 마술 중에 하나다.

"제가… 말입니까?"

운설은 잔뜩 미간을 좁혔다.

"그래요. 그대가 아는 노래를 하나 부르면 분위기가 좋아질 것 같군요."

그러나 운설은 이날까지 노래라는 것을 불러본 적이 한 번도 없으니 아는 노래가 있을 턱이 없다. 더구나 이 많은 사람들 앞에서 노래라니, 죽으면 죽었지 할 수 있을 것 같지가 않았다.

운설이 쳐다보자 옥봉은 엷은 미소를 지으며 기대하듯이 그녀를 바라보고 있다.

운설은 어제서야 화운룡에게 이끌려서 옥봉에게 인사를 하게 되었다.

운설은 옥봉이 누군지 잘 알고 있다. 그녀보다 옥봉에 대해서 자세히 알고 있는 사람은 아무도 없을 것이다. 화운룡의 그림자로서 오십여 년 동안 같이 살았거늘 그가 얼마나 옥봉을 그리워했는지 모를 리가 없다.

어제 옥봉을 만나러 가는 길에 화운룡이 운설에게 말했다.

"설아, 아무래도 나는 봉애를 다시 만나기 위해서 과거로 회귀한 것 같다."

말하자면 화운룡은 두 번째 삶을 오로지 옥봉을 위해서만 살아가고 있다는 것이다. 그렇기 때문에 화운룡의 최측근들에게 '옥봉'은 화운룡보다 더 존귀해야 마땅한 존재인 것이다.

그런데 바로 지금 그 존귀한 존재가 운설에게 노래를 부르라고 명령을 내렸다.

장하문이 손짓을 해서 악사들과 무희들을 멈추게 했다.

점점 일이 커지고 있다.

"주모, 속하는……."

"무슨 곡을 부를 건가요?"

옥봉이 운설의 말을 잘랐다. 운설에 대해서 화운룡에게 대충 설명을 듣기는 했지만, 세상에 노래 한 곡 정도 모르는 사람은 없을 것이라고 생각하는 옥봉이다. 그러니까 옥봉은 운설이 노래 한 곡만 부르면 분위기가 바뀔 것이라고 믿었다.

"저어… 주모, 속하는……."

"말씀하세요."

그때 옆에 앉은 명림이 전음을 보냈다.

[아기 오리와 병아리 불러라.]

"아……."

명림의 전음을 듣고서야 운설은 자신도 아는 노래가 하나 있다는 사실을 깨달았다. 그래서 앞뒤 가릴 것 없이 급히 옥봉에게 대답했다.

"아기 오리와 병아리 부르겠습니다."

이 많은 사람들 중에서 '아기 오리와 병아리'라는 노래를 알고 있는 사람은 옥봉뿐이다.

"좋은 선곡이에요. 일어나서 부르세요."

옥봉의 응원에 운설은 벌떡 일어나서 가볍게 목을 가다듬으며 준비를 했다.

"큼… 큼!"

모두의 시선이 운설에게 집중됐다. 과연 천하의 대살수 혈영객이 부르는 '아기 오리와 병아리'가 어떤 노래인지 자못 귀추가 주목되는 분위기다.

사실 '아기 오리와 병아리'는 운설의 세 살짜리 딸 은비가 할머니 설부용과 함께 자주 불러서 운설의 귀에 못이 박힐 정도로 다 외우고 있는 전래동요다.

장내에 바늘 하나 떨어져도 천둥 소리처럼 크게 들릴 정도로 고요한 가운데 운설이 노래를 시작했다.

아기 오리하고 아기 병아리하고 탁 부딪쳤네~!

사람들이 깜짝 놀라는 표정을 지었고 여기저기에서 탄성이 터져 나왔다. '천하의 혈영객이 뭐 저딴 코흘리개 동요를 다 부르는 거지?'라는 탄식이지만 운설의 귀에는 노래를 정말 잘한다는 칭찬으로 들렸다.

명림이 또 전음으로 귀띔을 했다.

[율동해야지.]

운설은 환한 표정을 지었다.

'그렇지. 율동이다!'

자고로 '아기 오리와 병아리'의 백미는 율동이다.

딸 은비가 이 노래를 부르면서 어떤 율동을 했는지 훤하게 꿰고 있는 운설은 두 손을 허리에 얹고 상체를 좌우로 흔들고 고개를 까딱거리면서 노래를 이었다.

은비 흉내를 내면서 되도록 깜찍하게.

오리는 꽥꽥꽥~! 병아리는 삐약삐약삐약~!

아무도 웃지 않았다. 다만 모두들 큰 충격을 받고 눈을 휘둥그렇게 뜬 채 운설을 주시했다.

운설의 흥을 더욱 부추긴 사람은 옥봉이다. 그녀는 맞은편에서 손뼉을 쳐 박자를 맞추면서 운설보다 작은 목소리로 같이 불러주었다.

얘기를 하는 건지 말다툼을 하는 건지~

운설은 두 손을 나팔처럼 모아서 입에 대고 상체를 앞으로 쑥 내밀었다.

오리는 꽥꽥꽥~! 병아리는 삐약삐약삐약~!

전래동요 '아기 오리와 병아리'는 가사가 매우 짧으며 계속 반복해서 부르는 것이 특징이다.

운설이 재빨리 눈동자를 굴려서 살펴보니까 다들 매우 놀라는 표정을 짓고 있었다. 더구나 화운룡은 흐뭇한 미소를 짓고 고개를 끄떡이면서 장단을 맞추었다.

이쯤 되자 운설은 기세등등하여 '아기 오리와 병아리'를 계속 연창했다.

아기 오리하고 아기 병아리하고 탁 부딪쳤네~!

물색없는 사유란이 발딱 일어나서 모두에게 외쳤다.

"합창하세요!"

감히 누구의 명령이라고 불복하겠는가. 더구나 '아기 오리와 병아리'는 곡조가 단조롭고 가사가 단순해서 따라서 부르기가 아주 쉽다는 장점이 있다.

그때부터 연회에 모인 사람들 대부분 손뼉을 치면서 '아기 오리와 병아리'를 합창했다.

오리는 꽥꽥꽥~! 병아리는 삐약삐약삐약~! 얘기를 하는 건지 말다툼을 하는 건지~!

'아기 오리와 병아리'를 다섯 번째 부를 때에는 너 나 할 것 없이 목청껏 합창을 했다. 화운룡도 주천곤도 심지어 화성덕까지 손뼉을 치거나 손바닥으로 탁자를 두드리면서 흥겹게 불렀다.

목청껏 노래를 부르는 광경을 보면서 운설은 머리카락이 쭈뼛쭈뼛 솟구칠 정도로 짜릿한 쾌감을 느꼈다. 자신이 부르는 노래에 모든 사람들이 이처럼 열광적으로 호응을 해줄 것이라고는 예상하지 못했던 것이다.

어쨌든 운설의 '아기 오리와 병아리'는 대성공을 거두었다.

그녀의 노래 덕분에 연회 분위기는 한층 달아올랐다. 천하의 혈영객이 까딱까딱 온몸으로 율동을 해가면서 '아기 오리와 병아리'를 불렀는데 흥이 오르지 않을 리가 없다.

저쪽 탁자에 앉은 백호뇌가 사람들 중에서 홍예가 웃으면서 운설에게 말했다.

"아하하! 설 언니 아호를 자계(子鷄: 병아리)라고 하는 게 어떻겠어요?"

한창 흥이 머리 꼭대기까지 치솟은 운설인지라 고개를 끄떡이며 좋아했다.

"고맙구나, 예아."

'자계'는 병아리라는 뜻이지만 다른 뜻으로는 나이 어린 기녀를 가리키는 속어이기도 하다는 것을 이때의 운설은 까맣게 모르고 있었다.

화운룡이 일어나 신풍개와 혜성신니, 백호뇌가 사람들이 앉아 있는 탁자로 갔고 장하문과 운설과 명림, 원종이 뒤따랐다.

백호뇌가의 가주 소진청과 부인 염교교, 딸 홍예, 건곤쌍쾌의 수란과 도범, 그리고 신풍개 일행은 일제히 일어나서 화운룡을 맞이했다. 그중에서도 홍예가 제일 좋아하면서 서둘러 자신의 옆자리를 마련했다.

"어서 와요. 용랑."

운설이 차갑게 중얼거렸다.

"입조심해라."

미래에 화운룡을 '용랑'이라고 부르다가 재수 없게 호법신 운설에게 걸리는 날엔 뼈도 추리지 못했던 홍예라서 찔끔하며 고개를 움츠렸다.

화운룡은 신풍개와 혜성신니 등이 내일 떠난다고 해서 인사차 이 탁자에 온 것이다.

신풍개와 혜성신니 등의 원래 목적은 강소성 남쪽 지역에서 빠르게 세력과 명성을 확장하고 있는 비룡은월문을 자신들 구림육파에 합류시키기 위해서 설득하는 것이었는데 이젠 포기하고 말았다.

구림육파에 합류하기에는 이제 오래지 않아서 춘추십패에 오를지도 모를 비룡은월문이 지나치게 거대하다는 사실을 깨달았기 때문이다.

뿐만 아니라 문주 화운룡은 구림육파에 합류하지 않아도 혼자 비룡은월문을 이끌고 이 지역에서 천외신계가 발을 들여놓지 못하게끔 충분히 역할을 해낼 만한 인물이라는 것을, 신풍개와 혜성신니 등은 이번에 절실하게 깨달았다.

第八章

절진에 갇힌 연인

신풍개와 혜성신니 등은 비룡은월문에 머무는 동안 장하문과 대화를 많이 나누었으며, 장하문은 그 대화에서의 요점을 정리하여 화운룡에게 보고했다.

신풍개가 대표로 화운룡에게 포권을 하며 인사했다.

"솔직히 말하자면 비룡은월문은 우리 구림육파보다 더 큰 활약을 하고 있소."

그는 벙긋 웃었다.

"갈 곳 없는 구림육파가 비룡은월문에 몸을 의탁해도 모자랄 판국에 비룡은월문을 흡수하려고 했으니 말을 꺼냈던 내가 그저 부끄러울 뿐이오."

현재 구림육파의 소림사와 아미파, 화산파, 청성파, 곤륜파, 개방은 천외신계에 완전히 장악되어 문파를 떠나서 떠돌고 있는 신세다.

무림의 태산북두라고 할 수 있는 이들 여섯 개 대문파들의 공통점은, 자파가 천외신계에 너무 완벽하게 장악되어 더 이상 어떻게 해볼 수 없을 지경에 처했다는 사실을 자각하고 간파했다는 사실이다.

그래서 서둘러 천외신계에 포섭되지 않은 문하 제자들을 선별하여 그들을 이끌고 문파를 버리고 나와서 정처 없이 떠돌이 생활을 하고 있는 것이다.

화운룡은 신풍개와 혜성, 혜정신니 등에게 두루 술을 따르고 함께 한 잔 마시고 나서 조용히 말문을 열었다.

"사실 나는 개방이나 아미파하고 인연이 있소."

신풍개와 혜성신니는 화운룡이 죽장 몽개와 명림을 수하로 거둔 일을 말하는 것이라고 짐작했다.

"구림육파가 현재 가장 필요로 하는 것을 돕고 싶소. 무엇을 도와주면 되는지 말하시오."

화운룡의 갑작스러운 말에 신풍개와 혜성신니 등은 적잖이 놀랐지만 선뜻 대답을 하지 못했다.

화운룡은 구림육파가 가장 시급하게 여기는 것이 무엇이라는 것을 장하문에게 들어서 알고 있지만 틀릴 수도 있었기에 신풍개에게 직접 듣기를 원했다.

화운룡의 물음에 신풍개는 당장에라도 돈, 그것도 거액이 필요하다는 사실을 말하고 싶었다.

현재 구림육파가 떠돌이 생활을 하고 있는 이유는 간단하다. 자금이 없기 때문이다.

자금만 넉넉하다면 어디 적당한 곳에 건물을 지어서 그곳을 구림육파의 총단으로 삼으면 된다.

그렇지만 총단을 짓는 일이 한두 푼으로 할 수 있는 일이 아니라서 엄두를 내지 못하고 있는 중이다.

신풍개와 혜성신니만이 아니라 구림육파의 장문인과 장로 등 내로라하는 인물들 모두가 천하를 주유하고 있는 또 다른 이유는 자금을 모으기 위해서다.

총단을 짓는 것도 그렇지만 구림육파에 속한 군웅들의 의식주에 매일 대단한 거금이 들어가고 있다.

신풍개가 망설이고 있는 이유는 비룡은월문이 보유하고 있는 해룡상단이 시골의 소규모 상단이라서 자금 사정이 넉넉하지 않을 것이라고 예상하기 때문이다.

그래도 신풍개는 하다못해 은자 몇만 냥이라도 화운룡에게 도움을 받자고 마음먹었다.

"음, 사실 우린 돈이 필요하오."

신풍개가 얼굴을 붉히면서 어렵사리 말문을 열자 혜성신니와 혜정신니는 신풍개보다 더 부끄러워했다. 자신들이 구걸하는 기분이 들었기 때문이다.

화운룡은 가볍게 고개를 끄떡였다.

"알겠소."

신풍개가 얼른 덧붙였다.

"은자 몇만 냥이면 되오. 무리하지 마시오."

화운룡은 빙그레 미소 지었다.

"은자 몇만 냥으로 구림육파가 며칠이나 버티겠소?"

현재 구림육파 여섯 개 문파의 사람들은 한군데 모여 있지 못하고 뿔뿔이 흩어져서 다니며 숙식을 해결하고 있다. 완전히 문전걸식하고 있는 신세다.

신풍개는 쓰디쓴 표정을 지었다.

"다들 여기저기에서 자금을 모으고 있으니 몇만 냥이라도 도움이 될 것이오."

"이렇게 합시다."

화운룡이 술잔을 내려놓았다.

"이제부터 내가 구림육파에 자금을 대겠소."

"……."

신풍개와 혜성신니 등은 화운룡의 말뜻을 금세 알아듣지 못하고 어리둥절한 표정을 지었다.

'구림육파에 자금을 댄다'는 것이 너무 포괄적인 의미이기 때문이다.

화운룡이 풀어서 설명했다.

"구림육파가 지낼 총단이 필요할 테니 총단을 지을 자금과 구림육파 사람들이 생활하고 활동하는 데 필요한 자금을 내가 대겠다는 뜻이오."

그렇게만 된다면 구림육파가 처해 있는 가장 큰 당면 과제가 단번에 해결된다.

그러나 너무 엄청난 말이라서 신풍개와 혜성신니 등은 불신의 표정을 지으며 아무 말도 하지 못하고 입을 크게 벌린 채 눈만 깜빡거렸다.

"그러니까 이제부터 구림육파는 더 이상 천하를 떠돌지 말고 한 장소에서 지내면서 천외신계를 상대할 준비를 갖추도록 하시오."

"하아……."

신풍개는 겨우 화운룡의 말이 농담이 아니라는 생각에 긴 한숨을 토해내며 물었다.

"문주께서 방금 하신 말씀이 얼마나 엄청난 것인지 아시오? 그 일을 하자면 막대한 거금이 필요하오."

화운룡은 미소 지으며 고개를 끄떡였다.

"얼마가 필요하든지 내가 대겠소."

화운룡은 십육룡신이 앉아 있는 곳을 보며 손짓으로 반옥을 불렀다.

화운룡은 자신의 옆자리를 반옥에게 내주었다. 반옥은 화운룡에게 공손히 허리를 굽히고 나서 의자에 앉고는 옆에 앉아 있는 원종에게 살포시 고개를 숙이며 미소를 지어 보였다.

원종은 처음 보는 반옥이 자신에게 목례를 하며 인사를 하자 의아한 표정을 짓다가 한순간 깜짝 놀랐다.

"너……."

원종은 이십오 년 전에 항주의 어느 기루에 팔려온 어린 동기(童妓)인 반옥을 발견하고 은자 백 냥에 그녀를 구한 적이 있었다.

이후 원종은 반옥에게 항주에 자그마한 주루를 하나 내주어서 먹고살게 해주고는 훌쩍 떠났다. 그런데 이 년 후에 항주에 갈 일이 있어서 반옥의 주루에 들렀다가 크게 놀라고 말았다. 기존의 단층 주루가 있던 자리에 삼 층짜리, 다섯 배나 더 큰 주루가 새로 들어서 있는 것이다.

반옥은 그저 평범하고 작은 주루를 이 년 사이에 다섯 배나 더 크게 확장했으며 그것만이 아니라 주변에 포목점과 만두 가게 하나씩을 더 운영하고 있었다.

원종은 반옥이 장사에 천부적인 소질이 있다는 사실을 깨닫고는 그녀와 진지하게 대화를 한 이후 자신이 갖고 있는 전

재산을 그녀에게 투자했다. 그리고 이십삼 년이 흐른 현재 반옥은 원종의 재산을 백만 배 이상으로 불려놓았다.

중원오대상단 중에 첫 손가락에 꼽히는 대륙상단이 바로 반옥의 걸작인 것이다.

그런데 원종은 이십여 년 전에 봤던 반옥의 젊은 시절 모습을 보고는 크게 놀란 것이다.

[놀라셨어요?]

반옥이 살짝 전음을 보내자 원종은 한숨을 내쉬었다.

[휴우… 너 주인님께 은혜를 입었구나.]

[주군께서 생사현관을 타통해 주셨는데 이렇게 반로환동(反老還童)처럼 돼버렸어요.]

화운룡이 반옥에게 말했다.

"옥아, 구림육파를 돕기로 했으니까 이제부터는 네가 얘기해야겠다."

"네, 주군."

반옥은 꼿꼿한 자세로 신풍개와 혜성신니를 응시했다.

"뭐가 얼마나 필요한지 말하시오."

신풍개와 혜성선니 등은 어이없는 표정을 지었다. 이십 대 중반으로 보이는 반옥이 마치 세상일에 달관한 사람 같은 말투를 사용하기 때문이다.

장하문이 보조 설명을 했다.

"세상 사람들은 그녀를 소향대수라고 부른다오."

"소… 향대수……."

천하에서 대륙상단의 총단주인 소향대수라는 이름을 모르는 사람은 한 명도 없을 것이다. 하물며 개방 방주가 그 이름을 모르겠는가.

신풍개는 실소를 흘렸다.

"나는 소향대수를 만난 적이 있는데 낭자는 소향대수가 아닌 것 같소."

반옥은 엷은 미소를 지었다.

"풍개 당신이 아무리 나를 모른 체해도 당신이 빌려간 은자 백만 냥을 떼먹을 생각은 하지 마시오."

"어……."

신풍개는 한 대 얻어맞은 것 같은 표정을 지었다.

신풍개가 삼 년 전 방주의 자리에 올랐을 때 개방의 재정 상태는 매우 좋지 않았다. 그래서 지인인 무림오대세가 산동 공가(山東公家) 가주의 소개로 소향대수를 만나 은자 백만 냥을 빌려서 파산 직전의 개방을 구한 적이 있었다.

"당신이 잡아떼면 보증을 선 공향기(公享基) 가주에게 받아내겠어요."

반옥이 그렇게까지 말하자 신풍개는 반색했다.

"당신 소향대수가 맞군요……!"

반옥은 입가에 흐릿한 미소를 머금었다.

"방주는 떠돌이 신세가 되었으니 빌려간 돈은 갚을 길이 막막하겠군요."

"면목이 없소."

신풍개는 눈이 번쩍 떠질 정도의 젊은 미녀가 된 반옥을 보면서 고개를 갸웃거렸다.

"그런데 소향대수께선 그동안 기연을 얻으신 것이오?"

반옥은 대수롭지 않게 대답했다.

"반로환동했다오."

"반… 로환동……."

신풍개와 혜성신니 등은 멍한 표정을 지었다. 초범입성의 경지에 이르러야 반로환동을 할 수 있다는 말은 들은 적이 있는데 그것을 반옥이 옷 한 벌 산 것처럼 간단하게 말하는 것이 더욱 놀라웠다.

반옥은 공손히 화운룡을 바라보았다.

"주군의 선물이었소."

일이 이쯤 되면 신풍개와 혜성신니 등은 더 놀랄 기운도 없을 정도다.

그들이 보기에 화운룡은 끊임없이 놀라움을 만들어내는 보물 창고 같았다.

신풍개가 반옥을 만났을 때 사십 대였는데 지금은 이십 대

모습을 하고 있으니 역용술로 변장을 한 것이 아니라면 그녀 말대로 반로환동이 분명하다.

대화를 해보니까 그녀는 대륙상단의 총단주인 소향대수가 틀림이 없다. 사십 대에서 이십 대로 젊어졌지만 카랑카랑한 목소리는 예전과 똑같았다.

반옥이 화제를 바꾸었다.

"주군께선 당신들에게 도움을 주시려는군요?"

대륙상단의 총단주가 나선다면 구림육파를 금전으로 돕는 일이 손바닥을 뒤집는 것만큼이나 쉬운 일이다.

"그… 러게 말이오. 나는 입이 열 개라도 할 말이 없소이다."

"구림육파는 좋은 투자처가 아니에요."

"그건 사실이오."

신풍개가 어쩔 줄 모르고 전전긍긍하는 걸 보고 화운룡이 반옥을 만류했다.

"옥아, 그 얘기는 그만해라."

"알겠습니다."

신풍개와 혜성신니 등은 지금까지 화운룡에 대해서 여러 번 놀랐지만 지금처럼 놀라기는 처음이다.

대륙상단의 총단주 소향대수가 화운룡의 수하였다니 경악도 이런 경악이 없다.

반옥이 화운룡에게 물었다.

"어느 정도 선에서 도와주면 됩니까?"

"구림육파의 총단을 지어주고 유지할 수 있는 자금을 매월 충분히 지급해라."

"알겠습니다."

화운룡이 일어섰다.

"이제는 옥이와 얘기하시오."

신풍개와 혜성신니 등도 급히 따라 일어섰다.

"문주!"

"뭐라고 감사의 말씀을 드려야 할지 모르겠습니다……."

신풍개는 금방이라도 울 것 같은 표정이고 혜성, 혜정신니는 이미 닭똥 같은 눈물을 흘리고 있다.

화운룡은 손을 내저었다.

"그러지 마시오."

"그렇지만 이렇게 큰 은혜를 입고……."

그때 원종이 조용한 목소리로 신풍개를 꾸짖었다.

"주인님께서 그만하라고 말씀하셨다."

"……."

신풍개는 주춤해서 그를 쳐다보았다. 그는 아까 원종을 처음 봤을 때 안면이 있다는 생각을 했었는데 도무지 누군지 기억이 나지 않았다. 그런데 방금 그의 목소리를 듣고서야 누군지 생각이 났다.

"설마… 만공 선배님이십니까?"

원종은 툴툴 웃었다.

"내 이름은 원종이니까 앞으로는 만공상판이라는 별호로 부르지 마라."

"아아……."

신풍개와 혜성신니 등은 원종이 만공상판이라는 사실을 확인하고는 기절할 정도로 경악했다.

조금 전에 원종이 화운룡을 '주인님'이라고 불렀으니 두 사람은 주종관계가 분명했다.

대륙상단 총단주인 소향대수가 수하고 백무신의 한 명이며 무림의 괴걸로 통하는 만공상판을 종으로 두고 있다니, 도대체 화운룡의 진실한 신분이 무엇인지 상상도 되지 않았다.

반옥은 자신의 자리로 돌아가고 있는 화운룡을 향해서 공손히 허리를 굽히고 난 후 자리에 앉으며 말했다.

"자, 우리가 뭘 어떻게 도와주면 되는지 말해보시오."

비룡은월문 내의 삼라만상대진을 총괄하고 있는 부서인 대진당(大陣堂) 당주가 아직도 연회 중인 화운룡에게 와서 공손히 보고했다.

"침입자가 있습니다."

대진당은 비룡은월문 정예고수가 아닌 무사들로 이루어졌

다. 그런데 당주가 직접 화운룡에게 보고하러 온 것으로 미루어 심각한 상황인 것 같았다.

장하문이 일어섰다.

"제가 가보겠습니다."

화운룡은 고개를 끄떡였다.

"발표할 것이 있으니 오래 걸리지 말게."

"알았습니다."

침입자가 있다고 하지만 화운룡은 삼라만상대진이 파훼될 것이라고는 생각하지 않았다.

그가 아는 한 당금 천하에 삼라만상대진을 파훼할 인물은 한 명도 없다. 그 정도로 완벽한 절진(絶陣)이다.

그렇지만 장하문은 반시진이 지나도록 돌아오지 않았다.

연회에서 화운룡은 백청명을 자리로 불렀다.

"부르셨습니까?"

백청명은 화운룡 옆에 이르러 공손히 허리를 굽혔다.

"앉으시오."

사석이라 화운룡은 존대를 하며 자리를 내주었다. 그렇다고 해도 백청명은 화운룡을 문주로서 깍듯하게 대했다.

그는 화명승과 화성덕, 주천곤과 옥봉 등에게 공손히 두루 포권을 한 후에 의자에 앉았다.

화운룡이 백청명에게 술을 따르며 말했다.

"길일을 잡아서 하룡과 진정을 혼인시켰으면 하오."

백청명은 환한 표정을 지었다.

"저는 무조건 찬성입니다."

장하문을 혼인시킨다는 말에 탁자에 둘러앉은 모든 사람들이 반색하며 기뻐했다.

장하문은 가족이나 다름이 없으며 비룡은월문이 하루가 다르게 발전하는 데에는 그의 노력이 컸다는 사실을 잘 알고 있기에 그의 혼인을 쌍수를 들어 환영하는 것이다.

"하룡의 자당(慈堂: 어머니)을 만났소?"

백청명의 얼굴이 흐려졌다.

"기회가 없어서 아직 만나뵙지 못했습니다."

"그럼 이따 나하고 만나러 갑시다."

백청명은 반색했다.

"그러시겠습니까?"

*　　　　*　　　　*

연회가 끝난 후 화운룡은 백청명과 함께 장하문의 거처인 신기전으로 향했다.

그때까지도 장하문은 삼라만상대진에 갇힌 침입자 일 때문에 돌아오지 않았다.

백청명과 장하문의 모친 장자연의 만남을 다른 날로 미루어도 되지만 혼사 얘기가 나온 김에 하루라도 빨리 두 사람을 만나게 해주는 것이 좋다고 생각했다.

또한 화운룡이 장자연을 본 지도 꽤 오래됐기 때문에 보고 싶기도 했다.

신기전에 도착하자 전각을 지키는 경호무사가 화운룡을 발견하고 크게 놀라 급히 허리를 굽혔다.

"문주를 뵈옵니다……!"

장하문은 신기전에 자신만의 호위무사들을 거느리고 있으며, 신기무사(神機武士)라고 불린다.

신기무사는 모두 이십 명이며 장하문은 틈나는 대로 그들에게 이것저것 직접 무공을 가르치고 있다.

화운룡의 방문에 신기전은 발칵 뒤집혔다. 신기무사들이 전부 뛰어나온 것은 물론이고 하녀와 숙수들까지 몰려나와 길게 도열해서 허리를 굽혔다.

"어머니는 어디에 계시느냐?"

화운룡의 물음에 신기무사 우두머리 무사장(武士長)이 공손히 대답하면서 한쪽 문을 가리켰다.

"기별하였으니 곧 내려오실 겁니다."

장자연이 곧 내려올 거라면서 무사장이 계단이 아닌 반대

쪽의 문을 가리킨 것이 좀 이상했다.

비룡은월문 전체는 물론이고 이곳 신기전은 장하문에게 거처로 주려고 화운룡이 특별히 직접 설계를 했다.

그러고 보니까 신기무사 무사장이 가리킨 문은 전에는 없던 것이다.

구우우…….

그런데 문 안쪽에서 이상한 음향이 들리는가 싶더니 잠시 후에 음향이 멈추고 문이 열렸다. 그러고는 장하문의 모친 장자연과 측근 하녀 심은이 나왔다.

"어머니, 저 왔습니다."

화운룡이 미소 지으며 말하자 장자연은 한달음에 달려와서 그의 손을 덥석 잡았다.

"아유……! 자룡 왔는가? 이게 얼마 만인가?"

장하문에겐 어릴 때 죽은 자룡이라는 동생이 있었는데 장자연은 화운룡을 볼 때마다 그 아들을 닮았다면서 자룡이라고 불렀다.

화운룡은 백청명을 소개했다.

"오늘은 귀한 분을 모시고 왔습니다."

백청명이 포권하며 정중히 고개를 숙였다.

"처음 뵙겠습니다. 진정 아비인 백청명이라고 합니다."

"아이고, 이런… 어려운 걸음을 하시다니……."

장자연은 백진정이 자주 찾아오는 터라서 친해졌지만 백청명을 보는 것은 처음이라 크게 당황했다.

한바탕 인사가 오고 간 후에 화운룡이 조금 전 장자연이 나온 문을 가리켰다.

"그런데 왜 저기에서 나오십니까?"

장자연은 배시시 미소 지었다.

"하룡이 나를 위해서 만들어주었어."

그녀는 처음 이곳에 왔을 때는 고생이 매우 심하고 지병이 있어서 칠, 팔십 세 노파 모습이었지만, 화운룡이 병을 완치시켜 주었으며 그동안 잘 먹고 잘 쉰 덕분에 본래 나이인 육십삼 세보다 훨씬 젊은 오십 대로 보였다.

장자연은 화운룡의 손을 잡고 조금 전 자신이 나온 문 안으로 이끌었다.

"내가 무릎이 아파서 삼 층까지 오르내리는 게 힘들다고 하룡이 이 승강기(昇降機)라는 것을 만든 거야."

문 안쪽은 하나의 커다란 상자처럼 생겼으며 텅 비었는데 한쪽에 두 개의 붉고 검은 굵은 줄이 늘어뜨려져 있을 뿐 눈에 띄는 게 없다.

'승강'이라는 말은 오르내린다는 것인데, 그렇다면 이 한 칸의 상자 같은 방이 삼 층까지 '오르내리는 기계'일 것이라고 화운룡은 짐작했다.

장자연은 화운룡은 물론이고 백청명까지 상자 같은 방 안에 들어오게 했다.

측근 하녀 심은이 아래로 늘어뜨려진 두 개의 줄 중에서 붉은 줄을 보란 듯이 힘껏 잡아당겼다.

쏴아아…….

그러자 방 밖 어디에선가 많은 양의 물이 한꺼번에 쏟아지는 소리가 들렸다.

덜컹!

그러고는 방 전체가 한차례 가볍게 흔들리는가 싶더니 느릿하게 위로 올라가기 시작했다.

구우우…….

화운룡은 방금 전의 물소리를 듣고 이 승강기라는 것이 무엇이며 어떤 원리인지 즉시 알아차렸다.

두 개의 커다란 물통을 튼튼한 밧줄에 매달아서 방 밖의 양쪽에 서로 연결을 하고, 각각의 물통에 물을 가득 채우거나 비우면 물의 무게 때문에 방이 올라가기도 하고 내려가기도 하는 승강의 원리다.

드그극…….

이윽고 방이 움직임을 멈추자 심은이 문을 열고 먼저 밖으로 나가 공손히 허리를 굽혔다.

"삼 층에 도착했습니다. 이제 나오세요."

장자연은 화운룡의 손을 잡고 문 밖으로 걸어 나가며 명랑한 목소리로 자랑했다.

“하룡이 이걸 만들어준 덕분에 계단을 오르내리면서 아팠던 무릎이 싹 나았어.”

“하룡이 효자로군요.”

“그럼 효자지.”

장자연의 얼굴 가득 행복한 미소가 번졌다.

화운룡이 백청명, 장자연과 함께 담소를 나누면서 차를 다 마시고 신기전을 나설 때까지도 장하문은 돌아오지 않았다.

중요하거나 다급한 일이라면 장하문이 화운룡에게 연락이나 보고를 했을 텐데 그러지 않은 걸 보면 장하문 선에서 해결할 수 있는 일인 것 같았다.

“주군.”

보진의 나직한 목소리에 화운룡은 잠이 깼다.

그동안 같은 방에서 자던 보진은 화운룡이 옥봉과 혼인식을 치른 날부터 옆방으로 옮겨서 잤다.

두 사람이 부부가 아닐 때는 보진이 옆 침상에서 자며 측근 호위를 했었지만 정식 부부가 된 두 사람과 한 방에서 잘 수는 없는 일이다.

화운룡은 누운 상태에서 눈만 뜨고 어둠 속에 서 있는 보진을 쳐다보았다.

"무슨 일이냐?"

"장 군사가 주군을 모셔오라고 합니다."

"하룡이 아직도 거처에 가지 않았느냐?"

"그런 것 같습니다."

"지금 시각이 얼마나 됐느냐?"

"인시(새벽 4시경)쯤 됐습니다."

화운룡은 자신의 품에 꼭 안겨서 자고 있는 옥봉이 깨지 않도록 조심스럽게 떼어내고 침상에서 내려왔다.

"아……."

보진이 가볍게 놀라서 급히 돌아서는 것을 보고 화운룡은 자신이 아무것도 입지 않았다는 사실을 깨닫고는 멋쩍게 웃으며 옷을 입었다.

화운룡은 눈앞에 벌어진 광경을 보고 약간 어이없는 표정을 지었다.

그곳은 비룡은월문의 북쪽에 있는 여덟 개의 인공 호수 중에 하나인데 삼라만상대진에서 마지막 관문 역할을 하는 매우 중요한 진혈목(陣穴目)이다.

타원형의 커다란 인공 호수 여기저기에는 여섯 개의 인공 섬들이 있으며, 인공 섬들의 크기와 모습은 제각각 달랐다. 어떤 섬은 바위투성이고 또 어떤 섬은 수목이 울창하고 또 어떤 섬은 민둥산이기도 했다.

또한 인공 섬끼리 연결하는 운교가 있으며 호수 곳곳에는 약간 무질서하게 거대한 석탑과 기이한 모양의 구조물이 오십 개 정도 세워져 있었다.

그것들은 모두 삼라만상대진에서 중요한 역할을 하는 진상(陳狀)들이다.

그런데 지금 그 구조물의 절반 정도가 부서졌으며 인공 섬의 바위들도 많이 깨지고 숲의 나무들은 죄다 부러지고 뽑혀서 호수에 둥둥 떠다니고 있다.

진법이 펼쳐져 있는 상황에서는 진에 갇힌 사람의 눈에 그런 구조물들이 보이지 않는다.

망망대해나 사막 따위와 같이 진을 만든 사람이 의도한 풍경만 보이게 되어 있다.

그런데 진상이 절반 이상 파괴됐다는 것은 진에 대해서 잘 알고 있는 인물이 절정의 무공을 발휘했다는 뜻이다.

인공 호수가 너무 넓고 또 구불구불해서 한눈에 보려면 호수 옆에 우뚝 솟은 인공가산에 올라야 한다.

"주군."

"무슨 일인가?"

인공가산 절벽가에 서 있던 장하문이 다가오는 화운룡에게 예를 취하고 나서 절벽 아래를 가리켰다.

"저길 보십시오."

이십여 장 높이의 절벽 위에서는 넓은 인공 호수가 일목요연하게 시야에 들어왔다.

인공 섬이 엉망으로 파괴되고 구조물들이 여기저기 박살난 곳에 한 사내가 앉아 있는 모습이 보였다.

사내는 중간이 부러진 석탑 위에 책상다리 자세로 앉아 있으며 꿈쩍도 하지 않았다.

사내는 이십이삼 세 정도의 청년인데 머리카락이 헝클어졌으며 옷이 많이 찢어진 모습이다. 그 모습을 보니 그가 호수의 진을 엉망으로 만든 것 같았다.

화운룡은 재빨리 인공 호수에 세워진 진의 배열 상태를 확인해 보았다.

겉보기에는 엉망진창이 됐지만 진은 파훼되지 않았고 아직도 제 기능을 하고 있는 것으로 확인됐다.

하기야 진을 파훼하려면 삼라만상대진에 대해서 완벽하게 알고 있어야 가능한데 화운룡이 창안한 이 진을 청년이 알고 있을 리가 없다.

이 호수는 몇 걸음 걸으면 끝없는 망망대해로 변하고 또 몇 걸음 내디디면 갑자기 눈보라가 휘몰아치는 북해의 만년설원으로, 그리고 결국에는 지하뇌옥으로 직행하는 삼라만상대진의 마지막 관문이다.

호수를 살펴보고 있는 화운룡 옆에서 장하문이 말했다.

"저자가 뇌옥으로 진입하는 진혈목 하나를 파괴했습니다."

그의 말을 들은 화운룡의 시선이 급히 한곳으로 날아가서 멈추었다.

사내가 앉아 있는 석탑의 뒤쪽 오 장쯤 떨어진 곳 호수에 구불구불하게 놓인 수십 개의 징검다리 중에서 하나가 보이지 않았다.

"저자가 발작을 일으켜서 난리를 피우는 통에 진혈목 역할을 하는 징검다리 하나가 박살 났습니다. 그래서 지하뇌옥 입구가 열리지 않습니다."

징검다리를 이루고 있는 팔십팔 개의 돌기둥 석대(石臺)가 온전해야지만 지하뇌옥으로 추락하는 입구가 열린다.

"어떻게 된 일인지 설명해 보게."

장하문의 설명은 이랬다.

대진당주의 보고를 듣고 장하문이 달려왔을 때 사내는 십사관문(十四關門)을 지나고 있었다.

비룡은월문 내에 펼쳐진 삼라만상대진은 성의 어느 방향에서 어떻게 침입하더라도 항상 일관문(一關門)에 빠지도록 교묘한 장치가 되어 있다.

보통 침입자들은 일관문에서 마지막 십팔관문까지 도달하는 데 걸리는 시간이 평균적으로 세 시진이다.

세 시진 동안 진에서 빠져나가려고 이리저리 난리를 치다가 보면 기진맥진하게 되고 마지막 순간에 지하뇌옥으로 떨어지는 수순을 밟는다.

그런데 이 사내는 일관문에서 십이관문까지 반시진 만에 통과를 했으며, 그걸 지켜보다가 놀란 대진당주가 화운룡에게 보고를 하고 장하문과 함께 도착한 일각 사이에 사내는 또다시 이관문을 지나 십사관문까지 도달해 있었다.

그런 식이라면 사내는 불과 한 시진이 못 돼서 십팔관문까지 도달할 것 같았다.

장하문이 잠시 지켜보니까 사내는 진에 대해서 잘 알고 있는 것 같았으나 삼라만상대진에는 맥을 추지 못했다.

그런데 바로 그때, 또 한 명의 침입자가 삼라만상대진에 빠졌으며 새로운 침입자는 긴 치마를 입고 얼굴을 면사로 가린 여자였다.

장하문이 두 사람의 대화를 듣고 알게 된 것은 청년의 이름이 율타, 여자 이름이 해화, 사형제지간이며, 절정고수 수준이라는 사실이다.

그리고 청년 율타가 비룡은월문에 잠입을 했는데, 밖에서 기다리고 있던 해화가 오랜 시간이 지나도록 율타가 나오지 않으니까 그에게 무슨 일이 생겼는지 걱정이 돼서 뒤따라 들어온 것이다.

해화는 율타보다 진에 대해서 더 해박했지만 삼라만상대진을 파훼하기는 역부족이었다.

두 사람은 진에 대해서 서로 지식을 나누고 상의를 하면서 빠르게 전진했으며, 그러면서 자신들이 진에서 탈출하고 있는 중이라고 착각을 하며 어느덧 마지막 십팔관문에 도달했다.

그리고 지하뇌옥으로 추락하는 징검다리에서 앞선 율타가 느닷없이 낭떠러지 아래로 떨어지려고 할 때 뒤따르던 해화가 몸을 날려서 율타를 힘껏 밀쳐냈다.

그리고 허공으로 밀려나고 있는 율타는 해화가 바닥이 보이지 않는 아스라한 낭떠러지 아래로 자기 대신 추락하는 것을 똑똑히 발견했다.

소스라치게 놀란 율타가 다급히 쏘아갔지만 방금 전에 해화를 집어삼켰던 천야만야 낭떠러지는 순식간에 사라져 버리고 느닷없이 눈보라가 몰아치는 북해 설원이 나타났다.

그때부터 율타는 해화 이름을 울부짖으며 미친 듯이 눈보라 속을 이리저리 헤매고 다녔다.

그렇지만 해화를 삼켜 버리고 사라진 낭떠러지는 두 번 다시 나타나지 않았다.

그가 마음을 가라앉히고 삼라만상대진의 수순에 따랐다면

결국에는 지하뇌옥으로 추락해서 해화를 만나게 되겠지만 그런 일은 벌어지지 않았다.

이성을 잃은 율타가 결국 발작을 일으켜서 사방으로 장력과 강기를 발출하여 난장판을 만들어놓는 과정에 징검다리 하나 즉, 진혈목을 박살 내서 진의 배열이 흐트러진 것이다.

그렇게 되면 지하뇌옥으로 통하는 길이 완전히 차단된다.

이후 율타는 실성한 것처럼 이리저리 날뛰면서 십팔관문의 거의 모든 것을 파괴해 버렸다.

그렇지만 그는 진에서 빠져나오지 못했고 그 자신이 진을 빠져나갈 생각이 전혀 없는 것 같았다. 그는 해화를 구하지 않고서는 죽을 때까지 이곳을 떠나지 않을 사람처럼 보였다.

그렇게 율타는 밤새 부러진 석탑에 저렇게 한숨을 푹푹 쉬면서 앉아 있었던 것이다.

설명을 듣고 난 화운룡은 율타라는 청년에게 호기심이 부쩍 생겼다. 다른 것 때문이 아니라 두 사람이 서로 사랑하는 연인 같았기 때문이다.

화운룡의 마음을 움직이는 것은 사랑이나 가족애, 순수함 같은 것들이다.

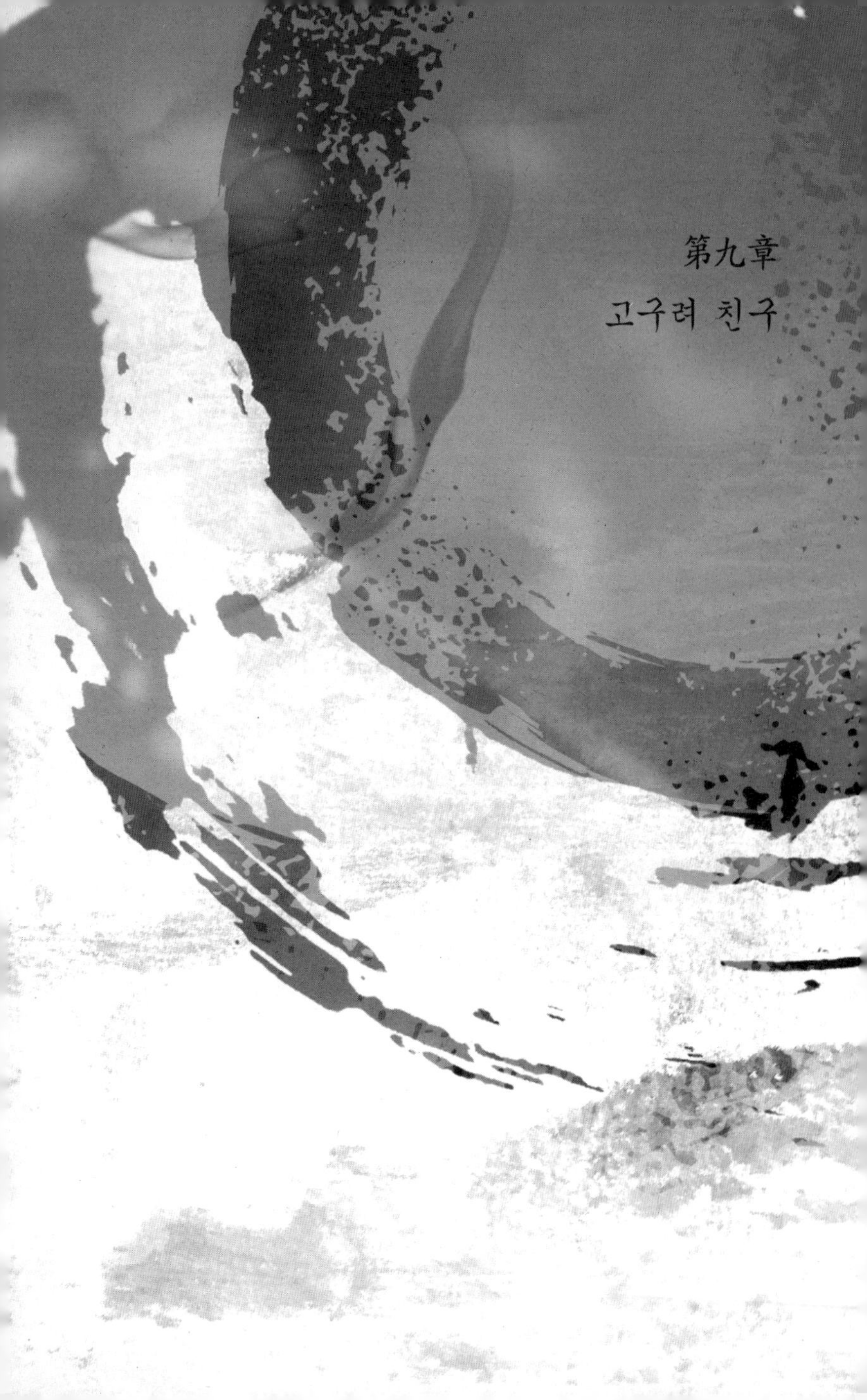

第九章

고구려 친구

율타는 해화에 대한 걱정 때문에 숨조차 쉬지 못할 지경이다.

이제 와서 돌이켜 보니까 다 자신의 잘못 때문에 해화가 저 지경이 돼버린 것 같았다.

무엇보다도 사라져 버린 해화가 죽었을까 봐 그것이 가장 큰 걱정이다.

사실 그는 부러진 석탑 위에 앉아서 한동안 해화에 대한 걱정 때문에 울고 있었다.

세상천지에 철석간담 사내대장부인 그를 울게 할 수 있는 사람은 오로지 해화 한 사람뿐이다. 그녀만이 그를 웃게도 울게도 만든다.

그는 하도 울어서 붉게 충혈된 눈으로 주위를 느릿하게 둘러보았다.

도대체 어떻게 생겨먹은 절진이길래 진에 대해서 그토록 열심히 공부했던 그와 해화를 이 지경으로 꽁꽁 묶어버린 것인지 생각만 하면 울화가 치밀었다.

하지만 그는 꽤 오랜 시간 동안 부러진 석탑 위에 혼자 앉아서 울기도 하고 분통을 터뜨리기도 하면서 현재는 많이 침착해진 상태다.

조금 전에 그는 한 가지 결론을 내렸다.

천하에 저절로 생겨난 진 같은 것은 없다. 그러니까 명칭이 무엇인지 모를 이 진을 만든 것도 사람일 테니 그 사람하고 거래를 해보기로 마음을 굳혔다.

해화가 없다면 율타는 죽은 사람이나 다름이 없다. 해화가 있기에 그는 숨을 쉬고 살아갈 이유와 목적이 있는 것이다. 해화는 그의 천하다.

지금처럼 해화가 그의 곁에 없거나 죽었을지도 모른다고 생각했던 적은 지금껏 한 번도 없었다.

만약 해화가 죽었다는 것이 확인된다면 율타는 몸이 가루가 되는 한이 있더라도 비룡은월문을 괴멸시키고 이 진을 만든 자를 천참만륙 갈가리 찢어서 죽이고야 말 것이다.

하지만 반대로 해화가 살아 있다면 상대가 무엇을 원하든지 다 들어줄 결심이다.

율타의 목숨을 원한다고 해도 해화를 살릴 수만 있다면 기꺼이 내어줄 수 있다.

스읏…….

몇 번이나 곱씹어서 생각을 거듭하고 정리한 율타는 이윽고 천천히 일어서서 몸을 쭉 폈다.

이어서 허공에 대고 나직하면서도 낭랑한 목소리로 말했다.

"나를 지켜보고 있다는 것을 알고 있다."

철컥!

그는 손에 움켜쥐고 있던 검을 어깨의 검실에 꽂고 나서 말을 이었다.

"그녀의 생사를 알려다오. 부탁한다."

그러나 돌아온 것은 고요한 적막이다.

율타는 몸을 돌려 반대쪽을 쳐다보았다. 지금 그가 있는 곳은 북해의 눈보라 치는 설원 한복판이며 그가 움직이지 않으면 주변의 환경도 변하지 않는다.

"동료의 생사는 내게 매우 중요하니 알려주기 바란다."

그래도 여전히 아무런 반응이 없다.

율타는 화가 머리 꼭대기까지 치밀어서 마구 발작을 하려다가 겨우 꾹꾹 눌러 참았다. 그가 상대의 입장이라고 해도 분노를 터뜨리는 놈은 일고의 가치도 없을 것 같기 때문이다.

화운룡은 인공가산 위에서 반시진 동안 율타를 지켜보았다.

그는 율타가 더 차분한 상태가 되기를 기다렸다. 분노한 사람하고는 대화하는 것 자체가 싫기 때문이다.

그는 아예 주위의 납작한 바위에 자리를 잡고 앉아서 참을성 있게 기다렸다.

대화의 기술 중에서 가장 기초적인 것은 상대를 지치게 하여 최대한 순종적으로 만드는 것이다.

임갈굴정(臨渴掘井), 목마른 사람이 우물을 파는 법이니까 율타 스스로 상황을 정리할 때까지 기다리려는 것이다.

장하문이 수하에게 지시하여 따뜻하고 향긋한 차를 가져오게 해서 화운룡과 장하문, 보진은 둘러앉아 담소를 나누며 차를 마시고 있는 중이다.

그때 운설과 명림이 왔다. 두 여자는 화운룡과 같은 거처인 운룡재에 삼 층에서 자고 있었는데, 돌아가면서 두 명씩 호위를 서고 있는 호법대 소녀로부터 화운룡이 깨어나서 나갔다는 소식을 듣고 부랴부랴 달려온 것이다.

"무슨 일이에요?"

가까이 다가온 명림의 물음에 보진이 현재 상황에 대해서 설명해 주었다.

율타가 다시 허공에 대고 말을 한 것은 묘시(새벽 6시경)가 다 돼서다.

"내가 어떻게 해야지만 동료의 생사를 알려줄 테냐?"

목소리가 풀이 죽었으며 날카로움이 완전히 사라졌다. 대화할 준비가 됐다는 뜻이다.

율타는 절망의 극에 도달한 상태다.

해화를 구할 방법이 없으며 그녀의 생사조차 알지 못하기 때문에 답답해서 죽을 지경이다.

해화를 살릴 수만 있다면 율타 자신의 목숨을 달라고 해도 촌각의 망설임도 없이 내줄 수 있다.

"부탁한다. 동료의 생사를 알려다오."

그는 어깨를 축 늘어뜨리고 넋두리처럼 중얼거렸다.

바로 그때, 허공 어디에선가 잔잔한 목소리가 들려왔다.

—공손해라.

율타는 누군가의 목소리를 들은 것만으로 너무 기뻐서 하마터면 소리를 지를 뻔했다.

율타는 즉시 허공에 대고 포권을 하며 공손하게 말했다.

"부탁합니다. 동료의 생사를 알려주십시오."

—해화는 무사하다.

"아아……."

허공 전체가 웅웅 울리는 것 같은 목소리라서 어디에서 들려오는지 알 수가 없다.

하지만 율타는 자신의 애타는 갈구에 상대가 마침내 반응을 보였으며 더구나 그토록 염려하던 해화가 무사하다는 사실에 감격하여 눈물을 글썽거렸다.

"우리한테 왜 이러는 겁니까? 우리는 당신에게 잘못한 것이 없습니다!"

—사람이 바다에 빠져서 죽으면 바다가 잘못한 것이냐?

율타는 곧 자신의 실언을 깨달았다.

"아닙니다. 비룡은월문에 침입한 우리가 잘못했습니다."

그는 보이지 않는 상대의 기분을 거스르지 않으려고 최대한 조심하면서 물었다.

"해화를 저에게 되돌려줄 수 있습니까?"

상대가 해화를 되돌려줄 가능성이 반 푼어치도 없다고 생각하면서도 율타는 그렇게 물을 수밖에 없다.

—그럴 수 있다.

그런데 상대가 반 푼어치 희망에 대답을 해주었다.

"그, 그럼 그녀를 돌려주십시오! 부탁합니다!"

—너는 예의가 없구나.

허공중의 목소리가 가벼이 율타를 꾸짖었다.

—네가 누구며 무엇 때문에 본 문에 침입했는지를 먼저 밝히는 것이 순서가 아니냐?

율타가 생각하기에도 상대의 말이 백번 옳다. 남의 문파에 침입한 사람이 잘못했는데도 무조건 자신의 요구만 들어달라고 부탁하고 있으니 그가 상대라고 해도 부탁을 들어줄 마음이 생기지 않을 터이다.

율타는 호흡과 정신을 가다듬었다. 무림에 출도해서 자신의 신분을 천외신계 사람이 아닌 타인에게 밝히는 것은 절대 금기이지만 해화를 살릴 수만 있다면 그런 것은 조금도 문제가 되지 않는다.

"나는 천신계(天神界) 사람입니다."

천외신계 사람들은 자신들이 사는 곳을 천신계라고 한다.

맹세코 그는 사부 천여황을 제외한 어느 누구에게도 지금처럼 공손했던 적이 없었다.

—제대로 하지 않으면 이 대화는 없던 일로 하겠다.

율타는 가슴이 철렁 내려앉았다. 그는 자신이 무엇을 잘못해서 상대의 심기를 거슬렀는지 재빨리 생각하고는 곧 그 대답을 찾아냈다.

"나는 천신계 위대한 여황 폐하의 열두 명 제자 중에 구제자인 율타이고 해화는 십제자입니다."

화운룡의 얼굴빛이 가볍게 변했고 장하문과 운설, 명림, 보진은 크게 놀라 서로의 얼굴을 쳐다보았다.

삼천계는 천상성계와 천중인계, 천외신계를 말함이다.

천상신계의 최고 지존은 성황(聖皇)이고 천외신계는 여황(女皇)이며 천중인계는 천제(天帝)라고 한다.

천제 즉, 사신천제라고도 부르는 지위인 화운룡은 성황이나 여황을 본 적이 없다.

그가 만난 사람은 사부 솔천사가 유일한데 그나마도 이미 죽은 유체를 만나서 사도지례를 올렸을 뿐이다.

그런데 지금 천신계 즉, 천외신계의 최고 지존인 여황의 구제자가 자신의 신분을 밝힌 것이다.

장하문이 놀라움을 삭이고 조심스럽게 물었다.

"어떻게 하실 겁니까?"

화운룡은 엷은 미소를 지었다.

"저놈이 천여황의 제자라고 해서 달라질 건 없다."

육십사 년 전 과거로 돌아온 비룡공자 화운룡은 이른바 '사랑제일주의자'가 되었다.

그는 '사랑'이라는 이름하에 모든 것을 용서하고 이해할 수 있는 너그러운 사람이다.

율타는 상대가 반응이 없자 자신의 대답이 미비한 것인지도 모른다는 생각에 얼른 설명을 더했다.

"나는 해화 사매와 경험을 쌓기 위해서 천하를 유람하는 중인데 며칠 전에 황산파에 들렀다가 비룡은월문이 황산파를 괴멸시켰을 것이라는 본 계 비찰림의 보고를 접하고 그걸 확인하기 위해 이곳에 침입한 것입니다."

그는 허공을 두리번거렸다.

"무엇이든지 더 궁금한 것이 있으면 물어보십시오. 내가 알고 있는 것이라면 다 대답하겠습니다."

잠시 고요함이 이어져서 율타가 조급해지려는데 허공의 음성이 들려왔다.

—해화를 사랑하느냐?

율타는 설마 상대가 이런 질문을 할지 몰랐지만 무슨 질문이라도 상관이 없다.

더구나 이처럼 지극히 당연한 것을 묻는다면 추호도 망설일 이유가 없다.

"사랑하고 있습니다!"

그의 목소리가 커졌다.

—얼마나 사랑하느냐?

"내 목숨이 천 개라면 천 개를 다 바쳐서라도 해화를 사랑합니다!"

—한 가지 약속을 하면 해화를 풀어주겠다.

율타는 너무 기뻐서 눈물이 날 것만 같은 것을 꾹 참으며 조심스럽게 물었다.

"무엇입니까? 내 팔을 하나 자르라고 하면 당장 그렇게 하겠습니다."

—두 번 다시 비룡은월문을 적으로 여기지 마라.

율타는 멍한 표정을 지었다. 조건치고는 너무도 쉬워서 이것이 정말 조건인가 하는 의구심이 생겼다.

—할 수 있겠느냐?

율타는 힘차게 대답했다.

"할 수 있습니다! 나와 해화는 죽을 때까지 비룡은월문을 적대하지 않겠습니다!"

—진을 열어줄 테니 성 밖에 나가서 기다려라.

"정말입니까? 정말 해화를 풀어주는 겁니까?"

—이 일을 없던 것으로 하고 싶으냐?

"아, 아닙니다! 무조건 명령에 따르겠습니다!"

삼라만상대진의 한쪽 귀퉁이를 열어주자 율타는 시키는 대로 진을 나와서 곧장 성 밖으로 쏘아 날아갔다.

인공가산 위에서 화운룡 등은 그 모습을 지켜보았다.

장하문과 운설, 명림, 보진은 아무 말도 하지 않았지만 화운룡의 결정에 내심 열렬한 박수를 보내고 있었다.

여기에 있는 사람들의 공통점이 있다면, 인생에서 가장 중요한 것이 사랑이라고 생각하는 사랑제일주의자라는 사실이다.

다만 미래에도 현재에도 짝이 없는 운설과 명림, 보진은 아스라한 표정을 짓고 율타의 해화를 향한 절절한 사랑을 음미하고 있었다.

그녀들의 귀에는 아직도 율타의 피를 토하는 절규가 쟁쟁하게 울리고 있다.

"내 목숨이 천 개라면 천 개를 다 바쳐서라도 해화를 사랑합니다!"

화운룡이 산 아래로 걸음을 옮겼다.

"가자."

모두 오솔길을 따라서 하산하는데 운설이 화운룡의 옷자락을 살짝 잡아당겨 뒤로 처지게 했다.

화운룡이 뭐냐고 눈으로 운설을 쳐다보면서 물었다.

운설은 그를 오솔길 옆 숲속으로 확 밀어넣더니 손을 잡고 깊숙이 끌고 들어가 으슥한 곳에서 멈추었다.

[나 못 참겠어.]

운설이 화운룡을 아름드리나무로 밀어붙이고는 움직이지 못하게 두 손으로 얼굴을 감쌌다.

그러고는 얼굴을 가까이 대면서 뜨거운 입김을 토해내며 남들이 들을까 봐 전음으로 속삭였다.

[재들 사랑하는 거 보니까 갑자기 운룡이랑 뽀뽀하고 싶어서 죽겠어……]

눈 풀린 운설이 달콤한 냄새를 몰칵몰칵 풍기면서 입술을 부딪쳐 왔다.

행렬의 맨 뒤에서 하산하던 보진이 뒤에서 뛰어 내려오는 화운룡을 돌아보았다.

"좌호법님은요?"

보진은 물론이고 장하문과 명림도 운설이 화운룡을 숲속으로 데리고 들어가는 것을 봤지만 모른 체했다.

"내버려 둬라."

보진이 살짝 보니까 화운룡은 고소하다는 듯이 싱글벙글 웃고 있었다.

운설은 화운룡을 덮치려고 했던 숲속 아름드리나무 아래에 무릎을 꿇은 채 웅크려 있었다.

그녀는 두 손으로 배를 쓸어안고 있는데 일그러진 얼굴 표정에 두 눈에는 눈물이 가득 고였다.

"끄으으… 치사하게 방심한 틈에 아랫배를……."

운설이 입술을 덮을 때 화운룡은 주먹을 그녀의 아랫배에 힘껏 꽂아주고 유유히 그 자리를 떠났다.

운설은 눈물을 찔끔거렸다.

"옛날에는… 아니, 미래에는 뽀뽀가 아니라 그보다 더한 것을 해도 가만히 있더니 혼인하고 사람이 달라졌어……."

* * *

율타는 성 밖 해자 건너편에서 초조하게 오락가락하며 성문 쪽에서 시선을 떼지 않았다.

삼라만상대진에서 풀려난 그가 성 밖에 나온 지 일각 정도가 지나고 있다.

그가 삼라만상대진에 갇혀서 절망에 빠져 있을 때 자신과 대화를 나눈 상대가 누군지는 모르지만 해화를 풀어준다고 거짓말을 하지는 않았을 것이라고 믿었다.

거짓말을 할 거였다면 진에 갇혀 있는 그를 일부러 풀어줄 이유가 없었을 것이다.

얼굴도 모르는 목소리의 주인이 한 약속을 믿기는 하지만 해화를 기다리는 시간이 길어질수록 율타는 초조해졌다.

"율타 사형!"

갑자기 그때 허공에서 반가움에 가득 찬 해화의 짤랑짤랑한 외침이 들렸다.

"아!"

율타가 놀라서 급히 쳐다보자 해화가 비룡은월문의 높은 성벽 위에서 몸을 날려 폭 넓은 해자를 나비처럼 날아오고 있는 모습이 보였다.

해화를 보니까 율타는 가슴이 콱 막히고 눈물이 핑 돌아서 목이 터져라 외쳤다.

"해화!"

꽃무늬 상의와 긴 치마를 너울거리면서 날아오고 있는 아리따운 모습은 해화가 분명했다.

율타는 눈물 때문에 앞이 보이지 않으면서도 해화에게 마주 달려가면서 두 팔을 활짝 벌렸다.

"해화!"

면사가 벗겨진 해화는 눈보다 더 희고 화사한 얼굴을 온통 눈물범벅으로 만들고는 둥지를 떠났던 파랑새가 어미 새 품으로 돌아온 것처럼 율타에게 힘껏 안겨들었다.

"율타 사형!"

두 사람은 다시는 죽어도 헤어지지 않을 것처럼 서로를 꼭 끌어안았다.

율타는 해화의 손을 잡은 적은 몇 번 있었지만 그녀와 이처럼 깊은 포옹을 하는 것은 처음이다.

"해화… 으헝! 엉엉……."

그런데 율타는 울음을 그치지 못했다. 그는 진에서 추락하려는 찰나에 해화가 자신을 힘껏 밀어내고 그녀가 대신 빠졌다는 사실을 떠올리니까 그녀의 희생에 너무도 감동해서 울음이 그쳐지지가 않았다.

"울지 말아요, 율타 사형."

해화는 자신도 눈물을 그치지 못하면서 섬섬옥수를 들어 율타의 눈물을 닦아주었다.

"해화, 아무 일도 없었어?"

"전 아무렇지도 않아요."

옥구슬 같은 눈물을 흘리면서 배시시 미소 짓는 해화의 모습은 백합처럼 청초했다.

"거기에서 어떻게 나왔지?"

"그곳은 사방이 꽉 막힌 뇌옥 같은 곳이었는데 갑자기 어떤 목소리가 들리더니 뇌옥 문이 활짝 열렸어요."

"굵고 맑으며 청아한 목소리였지?"

"그리고 포근했어요."

율타는 반가운 표정을 지었다.

"맞아. 그가 뭐라고 말했어?"

"그게……."

해화는 머뭇거렸다.

그녀의 그런 모습을 보자 율타는 무척 궁금했다.

"뭐라고 말했지?"

"율… 타 사형을 사랑해 주라고……."

그렇게 말하고 해화는 얼굴이 빨개졌다.

"인생에서 가장 위대한 것은 사랑이라고……."

"그가 그렇게 말했어?"

율타의 눈이 커다랗게 떠지고 반짝거렸다.

"네."

해화가 수줍게 말하자 율타는 얼굴도 모르는 그 목소리의 주인이 무척 좋아졌다.

"다른 말은 하지 않았어?"

"저… 그가……."

율타는 그가 또 무슨 말을 했는지 정말 궁금했다. 해화를 사랑하는 마음이 크지만 목소리뿐인 그에 대한 호기심도 그만큼 커졌다.

"그가……."

해화는 말을 잇지 못하고 얼굴이 점점 더 빨개지기만 했다.

그럴수록 율타는 그가 무슨 말을 했는지 궁금해서 조바심이 날 정도다.

"그래. 말해봐."

"저더러 율타 사형을 사랑하느냐고… 물었어요."

"……."

율타는 갑자기 심장이 덜컥 정지했다. 너무 놀라서 해화가 뭐라고 대답했느냐고 묻지도 못했다.

방금 전까지는 목소리만 들은 그 사내가 매우 좋았고 또 호기심이 생겼으나 이제는 그가 해화에게 괜한 것을 물었다는 원망이 생겼다.

해화가 율타를 사랑하지 않는다고 대답했을지도 모른다는 생각에 그는 온몸의 피가 정수리를 뚫고 다 증발해 버리는 것만 같았다.

해화는 율타가 뭐라고 대답했느냐고 묻지 않았는데 다음 말을 이었다.

"그래서… 사랑한다고 대답했어요."

"……"

율타는 머릿속이 하얘지면서 이게 꿈인지 생시인지 분간이 서지 않았다.

증발했던 피가 정수리를 통해서 다시 몸속으로 쏟아져 들어오며 정신이 번쩍 들었다.

해화는 몹시 부끄러워했지만 고개를 숙이지는 않고 오히려 율타를 말끄러미 응시하며 말했다.

"그 사람에게 그렇게 대답하고 나니까 율타 사형에게 고백할 용기가 생겼어요."

"고백이라니……"

"저 율타 사형을 사랑하고 있어요."

"해화……"

"오래전부터 아주 많이 사랑하고 있어요."

해화는 숨도 크게 쉬지 못하고 조심스러운 얼굴로 물었다.

"제 사랑을 받아주시겠어요?"

율타의 두 눈에 또다시 눈물이 가득 고였다. 그는 자신이 울보라는 사실을 오늘 처음 깨달았다.

그는 해화의 두 손을 꼭 잡고 눈물을 뚝뚝 흘리면서 진지하게 말했다.

"해화, 그 사람이 나한테도 똑같은 것을 물었어."

해화는 깜짝 놀라서 크고 파란 눈을 동그랗게 떴다. 그녀의 심장이 가슴을 뚫고 튀어나올 것만 같았다.

"그… 래서 뭐라고 말했어요?"

율타는 해화의 손을 놓고 비룡은월문 성벽에 대고 두 손을 입에 모아 나팔처럼 만들어 악을 쓰듯이 크게 외쳤다.

"내 목숨이 천 개라면 천 개를 다 바쳐서라도 해화를 사랑합니다!"

율타는 두 손으로 나팔을 만든 채 움직이지 않았고, 해화는 기쁨의 눈물을 흘리면서 몸을 마구 떨었다.

"율타 사형……."

율타는 성벽에 대고 다시 외쳤다.

"나는 죽을 때까지 해화만을 사랑할 겁니다!"

해화는 흐느껴 울면서 율타를 와락 끌어안았다.

"으흐흑! 율타 사형……."

율타는 또다시 성벽에 대고 외쳤다.

"나 율타는 해화를 행복하게 해줄 겁니다!"

그때 성벽 쪽에서 어떤 목소리가 들렸다.

"시끄럽다."

"……."

율타와 해화는 화들짝 놀라서 눈물이 가득 고인 눈으로 급히 성벽을 쳐다보았다.

해자 너머 높은 성벽 위에 언제 나타났는지 한 사람이 우뚝 서 있는 모습이 보였다.

키가 훤칠하게 크고 희디흰 백삼 차림의 신선 같은 풍모다.

그 사람, 화운룡이 꾸짖었다.

“풀어줬으면 어서 갈 것이지 이 신새벽에 왜 악을 쓰고 난리를 치는 것이냐?”

율타와 해화는 성벽 위에 혼자 서 있는 사람이 목소리의 주인이라는 사실을 깨달았다.

화운룡이 뒷짐을 지고 말했다.

“아직도 나한테 볼일이 있는 것이냐?”

율타와 해화는 화운룡에게 손톱만큼도 적의를 느끼지 않았다. 아니, 오히려 커다란 호감과 친밀감, 그리고 설명할 수 없는 고마움을 느꼈다.

화운룡은 비단 율타와 해화를 살려주었을 뿐만 아니라 두 사람이 서로를 사랑하고 있다는 사실을 확인시켜 준 월하노인 같은 존재다.

율타는 공손히 두 손을 앞에 모으고 말했다.

“당신은 누굽니까?”

“나는 화운룡이다.”

해화가 깜짝 놀라 외치듯 말했다.

“비룡공자예요!”

율타와 해화가 눈물을 닦고 자세히 보니까 화운룡은 이십 세 전후의 청년이며 천하에 짝을 찾아볼 수 없을 정도의 절세 미남이다.

그의 태도는 높은 신분의 사람이 아랫것에게 함부로 하는 것이 아니라 세상을 두루 살아온 나이 많은 노인이 어린 사람을 대하는 것 같았다.

"너희는 천여황에게 돌아가면 내 말을 전해라."

"무슨 말입니까?"

화운룡은 늠름하게 말했다.

"나는 본 문을 중심으로 삼백 리 일대를 평화 지역으로 선포했다. 그러므로 천외신계가 평화 지역을 침입하지 않으면 적대하지 않겠다."

율타는 눈을 깜빡거리다가 공손히 대답했다.

"사부님께 반드시 그렇게 전하겠습니다."

하지만 율타와 해화는 그런 것보다는 화운룡 개인에게 진한 호감과 호기심이 생겨서 떨쳐 버리기 어려웠다.

문득 해화가 물었다.

"우리를 풀어준 이유가 정말 사랑 때문이었나요?"

화운룡은 고개를 끄떡였다.

"그렇다."

화운룡 뒤쪽 성벽 위 통로에는 장하문과 운설, 명림, 보진이 나란히 올망졸망 앉아서 대화에 귀를 기울이고 있는데 홍

미진진한 표정이다.

해화는 배시시 미소 지었다.

"당신 덕분에 저는 율타 사형에게 고백을 했어요. 그런데 알고 보니까 율타 사형도 저를 사랑하고 있었대요."

"잘됐구나."

화운룡은 율타와 해화가 아직 세상의 때가 묻지 않은 순수한 청년들이라고 생각했다.

그때 율타가 불쑥 말했다.

"나는 당신과 친구가 되고 싶습니다."

화운룡이 아무 말도 없자 율타가 물었다.

"우리가 친구가 되지 못할 이유가 있습니까?"

"없다."

"그렇다면 친구가 됩시다."

화운룡은 율타의 시원시원한 성격이 조금 더 마음에 들었다. 더구나 율타는 젊은이답게 솔직한 데다 생각이 매우 순수하고 진취적이다.

"보십시오! 동이 터오고 있습니다. 아침이 되면 무엇이 생각납니까?"

성벽 너머 동쪽 하늘에 부연 여명이 밝아오고 있다.

화운룡은 율타의 맹랑함에 내심 웃음이 났지만 꾹 참고 고개를 끄떡였다.

"오너라. 같이 아침 식사를 하자."

율타는 화운룡이 자신의 뜻을 정확하게 파악하자 가슴을 펴면서 호방하게 웃었다.

"하하하하! 과연 대인이십니다!"

운설이 얼굴을 찌푸리며 명림에게 속삭였다.

"밥 주면 대인이야?"

명림이 조용히 한마디 했다.

"성인군자야."

운룡재 식당에 초대된 율타와 해화는 더 이상 천외신계 사람이 아닌 화운룡의 손님이다.

커다란 식탁에 앉은 화운룡 왼쪽 옆자리는 비어 있으며 그 옆에 장하문이 앉고, 화운룡 오른쪽에는 운설과 명림이, 맞은편에 율타와 해화가 앉아 있다.

면사를 벗은 해화는 눈이 부실 정도로 아름다웠다. 중원인하고는 달리 이목구비가 시원시원하고 눈이 크며 코도 뾰족했으며 입술은 장미꽃잎을 물고 있는 것처럼 붉었다. 더구나 살결이 백옥처럼 희었다.

화운룡을 제외한 사람들이 해화의 눈부신 미모를 감상하듯이 바라보는 모습을 보고 율타는 흐뭇한 미소를 지었다.

그렇지만 율타는 운설과 명림, 그리고 화운룡 뒤에 우뚝 서 있는 보진까지 세 여자의 미모가 해화에 결코 뒤지지 않음을 보고 그들이 화운룡과 어떤 관계인지 궁금했다.

그때 명림이 해화에게 물었다.

"해화 낭자는 중원인이 아닌 것 같은데 실례지만 어느 나라 사람인지 말해줄 수 있나요?"

해화는 방그레 미소 지었다.

"저는 돌궐족(突厥族)이에요."

"아……."

중인은 뜻밖이라는 표정을 지었다.

칠백여 년 전에 돌궐족은 고구려와 연합하여 당나라에 대항하다가 멸망했으며, 이후 민족이 뿔뿔이 흩어졌거나 더러는 당나라에 복속됐다.

중원에서는 돌궐을 철륵(鐵勒) 혹은 '투르크'라고 부르는데 훗날 대륙을 건너 토이기(土耳其: 터키)를 건국하게 된다.

율타가 묻지도 않았는데 불쑥 말했다.

"나는 고구려 사람입니다."

화운룡 등은 뜻밖이라는 표정으로 그를 쳐다보았다.

'율타'라는 이름이 중원식이 아니라는 생각은 했지만 설마 고구려인일 줄은 몰랐다.

화운룡은 뭔가 짚이는 게 있어서 넌지시 물었다.

"율타, 혹시 너희 천외신계는 서로 다른 이민족(異民族)들이 연합한 것이냐?"

"그렇습니다."

율타는 고개를 끄떡이면서 천외신계의 극비 사항을 아무렇지도 않게 인정했다.

"동이족(東夷族)과 회족(回族), 만족(滿族), 토번족(吐蕃族), 몽고족(蒙古族) 등 다섯 개 부족의 연합체입니다. 여황 폐하께선 동이족이십니다."

"그렇군."

화운룡과 장하문 등은 새로 알게 된 놀라운 사실에 신선한 충격을 받았다.

동이족은 고구려를 일컫는다. 그리고 만족은 만주족(滿洲族)을 가리키며 말갈족(靺鞨族)과 여진족(女眞族), 거란족(契丹族) 등이 포함된다.

회족은 해화가 속한 돌궐족과 탑란기(塔蘭其: 위구르)를 비롯한 대식국(大食國: 사라센인)의 통칭이다. 토번족은 서장 너머의 토번국(吐蕃國: 티베트)이고 몽고족은 한때 중원을 지배했던 원나라의 후예를 말한다.

第十章

괄창산으로

이번에는 율타가 물었다.

"저분들은 누굽니까?"

그가 가리킨 사람은 장하문과 운설, 명림이다.

화운룡이 소개했다.

"내 군사와 좌우호법이다."

율타가 일어서자 해화도 따라 일어나서 세 사람에게 정중히 포권하며 인사했다.

"앞으로 잘 부탁합니다."

운설이 차갑게 말했다.

"앞으로는 서로 만날 일이 없을 것이다."

율타는 자리에 앉아서 빙그레 웃었다.

"아름다운 분의 말씀은 틀린 것 같습니다."

그는 넉살이 좋은 것 같았다.

"무슨 뜻이냐?"

운설의 물음에 율타는 대답하지 않고 화운룡을 보며 상체를 펴고 당당하게 말했다.

"우린 나이도 비슷한 것 같은데 서로 말을 놓고 친구가 되면 어떻겠습니까?"

운설이 벌떡 일어나며 냉랭하게 꾸짖었다.

"네놈이 죽으려고 환장했구나!"

화운룡이 율타에게 나직하게 말했다.

"친구가 되자고 아침 식사에 초대한 것이다."

발작을 일으키려고 하던 운설은 어이없는 표정을 지었다.

"주군, 이놈은 천외신계 놈입니다. 더구나 오랑캐 고구려 놈입니다."

화운룡은 대수롭지 않게 맞받아쳤다.

"그가 볼 때 나는 중원의 오랑캐 놈이야."

운설은 아무 말도 못하고 앉았다.

율타는 벌떡 일어나서 환하게 웃었다.

"하하하! 중원에 와서 첫 친구가 생겼다."

해화도 진심으로 기뻐했다.

"축하해요, 율타 사형."

율타는 화운룡에게 정중하게 포권을 했다.

"운룡, 내 친구. 반갑다."

화운룡도 일어나서 마주 포권했다.

"반갑다, 율타."

화운룡이 율타와 친구가 된 것을 이해하지 못하는 사람은 운설 혼자뿐이다.

장하문과 명림, 보진은 화운룡이 상대의 배경이 아닌 그 사람 자체를 보고 평가한다는 사실을 잘 알고 있기에 그가 율타를 친구로 받아들인 일을 충분히 이해했다.

물론 화운룡이 십절무황이었다면 이런 일은 어림도 없겠지만 육십사 년 전 과거로 돌아와서 다시 청년이 된 그는 파격적인 삶을 살고 싶어 한다.

그리고 파격은 계속됐다. 이십삼 세 율타에 이어서 이십 세인 해화도 화운룡의 친구가 되었다.

한눈에도 수줍음을 많이 타서 전혀 그럴 것 같지 않은 해화가 느닷없이 자신도 화운룡과 친구가 되고 싶다고 불쑥 말한 것이다.

"운룡과 친구가 된 것이 천하를 얻은 것보다 더 기뻐요."

그러면서도 해화는 친구인 화운룡에게 꼬박꼬박 존대를 했다. 그녀는 누구에게나 존대를 한다.

식탁에 요리가 가득 차려지자 문이 열리고 소랑이 옥봉을 모시고 들어섰다.

모두 일어나서 그녀를 맞이하고 장하문과 운설, 명림, 보진은 공손히 허리를 굽혔다.

"아아……."

율타와 해화는 옥봉의 절세적인 천상의 미모에 그 자리에 얼어붙어 경악하는 표정을 지으며 신음 소리를 낼 뿐 아무 말도 하지 못했다.

옥봉은 화운룡 옆에 앉으며 우아한 미소를 지었다.

"모두 앉으세요."

다들 자리에 앉는데 율타와 해화만 옥봉의 미모에 넋을 잃은 듯 우두커니 선 채 그녀를 바라보았다. 두 사람이 봤을 때 눈앞의 저 절세미녀는 미(美)로써는 어느 누구도 비교불가일 것 같았다.

화운룡이 옥봉에게 율타와 해화를 소개했다.

"봉애, 새 친구가 된 율타와 해화야."

옥봉은 일어나서 가볍게 고개를 숙였다.

"옥봉이에요."

더 이상 우아할 수 없는, 뭐라고 설명할 수 없는 존귀함이 가득한 동작에 율타와 해화는 자신들도 인사를 해야 한다는 사실마저 잊고 멍하니 서 있었다.

이런 상황에 운설이 뭐라고 독설이나 냉소를 할 만도 한데 그녀는 가만히 앉아 있었다.

그녀가 제아무리 공포의 혈영단주이고 혈영객이라고 해도 그것은 어디까지나 무림에서의 얘기지 화운룡 앞에서는 절대로 아니다.

화운룡 면전에서 함부로 행동하는 것은 그를 무시하는 것이고 깎아내리는 일이기에 절대로 그런 행동은 하지 않는다. 운설은 공과 사가 분명한 사람이다.

화운룡이 웃으며 율타와 해화를 일깨워 주었다.

"하하하! 율타, 해화. 너희들도 봉애에게 인사해야지."

"아……."

그제야 정신을 차린 율타와 해화는 당황하면서 서둘러 옥봉에게 인사를 했다.

"불초는 율타입니다."

"저는 해화라고 해요."

자리에 앉은 율타와 해화는 옥봉이 화운룡과 어떤 관계인지 무척이나 궁금했다.

"운룡, 저분 소저는 누구신가?"

"내 아내야."

"아……."

율타와 해화는 가히 천하제일미녀라고 해도 과언이 아닐 정도의 옥봉이 화운룡의 부인이라는 사실에 크게 놀랐다.

해화는 자신의 아름다움에 대해서 자부하는 여자가 아니지만 옥봉을 보고는 자신이 초라해지는 것을 느꼈다.

식사시간 내내 옥봉은 온화한 미소를 지으면서 조용히 화운룡의 시중을 들었다.

그렇지만 율타와 해화는 밥이 입으로 들어가는지 코로 들어가는지도 모른 채 옥봉을 보느라 정신이 없었다.

아침 식사를 하고 나서 율타와 해화가 떠났고 점심 식사 후에는 백호뇌가 소진청과 염교교가 작별을 고했다.

화운룡과 백호뇌가의 관계는 아직 제대로 정립되지 않은 상황이다.

화운룡은 솔천사의 뒤를 이어서 제팔대 사신천제가 되겠다고 말하지 않았기 때문에 백호뇌가 사람들은 그를 천제로 모실 수가 없는 상황이다.

그렇지만 현재까지 솔천사는 물론이고 그의 뒤를 이은 어떤 인물도 출현하지 않고 있기 때문에 화운룡이 솔천사의 유일한 후계자 즉, 제팔대 사신천제인 것이다.

그러므로 백호뇌가 사람들은 화운룡과 완전히 결별을 고할 수도 없다.

소진청은 백호뇌가를 오래 비워둘 수 없기 때문에 부인 염교교와 함께 떠났지만 딸 홍예와 건곤쌍쾌 수란과 도범을 화운룡 곁에 남겨두었다.

다음 날 아침에 화운룡은 좌우호법 운설과 명림 두 사람만 데리고 길을 떠났다.

미래에 사부 솔천사를 만난 괄창산으로 직접 가서 확인할 것들이 있기 때문이다.

어젯밤에 화운룡이 먼 길을 떠나겠다고 말하자 옥봉은 몹시 쓸쓸한 표정을 지었다.

혼인을 한 지 보름도 되지 않아서 화운룡 없이 혼자서 꽤 오랜 나날을 보내야 한다는 생각을 하자 옥봉은 벌써부터 가슴이 시렸다.

혼인을 하기 전의 옥봉과 혼인을 한 후의 옥봉은 모든 것이 크게 변했다.

혼인을 하기 전의 옥봉은 소녀에 불과했었지만, 혼인을 한 이후에는 어엿한 한 남자의 아내가 되었다.

그녀조차도 예상하지 못했던 많은 변화들이 일어나서 그녀를 혼란스럽게 만들었으며 현재도 혼란이 완전히 가시지 않은 상황이다.

예전에 옥봉은 세상과 사물, 그리고 주변의 많은 일들을 소녀의 시선으로 보고 대처했었지만, 혼인 후에는 비룡은월문 문주의 안주인의 시선으로 모든 것을 보고 대처해야 하므로 극과 극의 차이라고 할 수 있다.

그러나 무엇보다도 옥봉을 행복하게 만드는 것은 그녀가 목숨보다 더 사랑하는 화운룡의 여자가 됐다는 사실이다.

화운룡이 다음 날 아침에 먼 길을 떠나겠다고 말한 그날 밤에 옥봉은 단 한순간도 남편 품에서 벗어나지 않았으며 평소보다 더 뜨겁게 사랑을 나누었다.

그리고 옥봉은 마치 주문을 외우듯 화운룡에게 말했다.

"소녀의 사랑이 용공을 보호해 줄 거예요."

비룡은월문을 나온 한 척의 배는 동태하 하류를 따라 유유히 항해를 시작했다.

길이 칠 장에 폭 이 장인 아담한 상선은 이 층의 선실이 있으며 두 개의 중앙 돛과 앞과 뒤에 각각 하나씩의 보조 돛이 있어서 수시로 간단하게 펼치고 접을 수가 있다.

화운룡은 미래의 십절무황 시절에 포도아(葡萄牙: 포르투갈)의 범선(帆船)을 자주 볼 기회가 있었는데, 그 범선은 중원의 배에 비해서 속도는 서너 배나 빠르고 방향 전환과 실용성 등이 비교할 수 없을 정도로 뛰어났다.

그 당시에 포도아의 함선 몇 척이 중원에 쳐들어온 적이 있었는데 화운룡은 그 함선 한 척이 명나라의 무장한 군선(軍船) 삼사십 척을 우습게 침몰시키는 광경을 직접 목격하고는 크게 감탄했다.

그래서 화운룡은 포도아의 범선 기술자를 초빙해서 한동안 범선에 대해서 공부한 적이 있었다.

그 기억을 되살려서 화운룡은 새로운 설계도를 작성하여 장하문에게 주어 해룡상단과 비룡은월문의 모든 배들을 거기에 맞춰서 수리하도록 지시한 적이 있었다.

배를 새로 만들자면 시일이 오래 걸리고 이미 운용하고 있는 수백 척의 배들을 버려야 하기 때문에 배를 수리하는 쪽으로 설계도를 작성한 것이다.

지금 화운룡이 타고 있는 배도 그렇게 해서 새롭게 수리되었으며, 활동성이 뛰어난 장점 덕분에 비룡은월문에서 삼백 척 이상 사용하고 있다. 장하문은 이 배를 운류선(雲流船)이라고 이름을 붙였다.

백의 단삼 차림에 무기를 지니고 있지 않은 화운룡은 뱃전에 뒷짐을 지고 서서 먼 하늘을 바라보았다.

그 옆 좌우에 서 있는 운설과 명림은 기분이 너무 좋아서 당장에라도 훨훨 날아갈 것만 같았다.

두 여자가 기뻐하는 이유는 하나다. 그녀들이 목숨보다 더 존경하고 사랑하는 화운룡과 자신들끼리만 먼 유람을 떠나기 때문이다.

화운룡은 사부 솔천사에 대해서 알아보려는 중요한 목적이 있지만 이 철없고 대책 없는 두 여자에겐 그저 신나는 유람일 뿐이다.

두 여자는 할 수만 있다면 이대로 멀리 떠나서 비룡은월문에는 영영 돌아가지 않으면 좋을 것 같았다.

"설아, 림아."

그때 화운룡이 조용한 목소리로 두 여자를 불렀다.

"네, 주군."

신이 난 두 여자는 종달새처럼 대답했다.

"가까이 와라."

화운룡이 두 팔을 활짝 벌리자 두 여자는 잽싸게 그의 좌우로 바싹 다가섰다.

그녀들은 비룡은월문의 측근들 곁을 떠난 화운룡이 이런 호젓한 장소에서 자신들을 미래에서처럼 포근하게 안아줄 것이라고 기대했다.

화운룡은 양팔로 두 여자의 어깨를 안았다.

"설아, 림아. 너희들 미래에는 정말 사이가 좋았었지?"

"그럼요."

두 여자가 입을 모아 대답을 하면서도 뭔가 싸한 느낌이 들었다.

화운룡은 양팔을 오므려서 두 여자가 서로 마주 보게 했다.

운설과 명림은 한 뼘 거리를 두고 서로를 보면서 어색한 표정으로 눈을 깜빡거렸다.

"그런데 요즘 너희 둘 앙숙 같더라."

"……."

"친자매처럼 사이가 좋았던 너희가 어째서 이렇게 된 것인지 모르겠다."

운설과 명림은 입이 열 개라도 할 말이 없다. 요즘 두 여자는 같이 있는 경우가 드물고 서로 말도 하지 않았다. 그런데 그걸 화운룡이 알고 있을 줄은 몰랐다.

"이번 여행에 너희 둘을 데리고 나온 이유가 무엇이라고 생각하느냐?"

두 여자는 자신들이 좌우호법이니까 당연히 화운룡을 동행하는 것이라고 생각했지 꾸지람을 들을 거라고는 상상도 하지 못했기에 꿀 먹은 벙어리가 됐다.

"서로 얼굴을 봐라."

혼나는 아이들처럼 눈을 내리깔고 있던 운설과 명림은 서로의 얼굴을 바라보았다.

화운룡은 두 여자에게 서로의 얼굴을 보게 하는 것으로 더 이상 꾸짖지 않았다.

그러나 두 여자는 서로의 얼굴을 보는 것만으로 자신들이 무엇을 잘못했는지 깨닫고 또 반성했다.

"언니, 미안해요."

운설이 먼저 진심 어린 표정으로 사과했다.

화운룡이 한 마디 거들었다.

"설아, 너는 너보다 열세 살이나 더 많은 이모 같은 언니를 마치 친구처럼 대했어."

운설이 입술을 삐죽거렸다.

"보세요. 명림 언니 얼굴을 보면 나보다 더 어리면 어렸지 어떻게 열세 살이나 많은 언니 같은가요?"

"그건 운설 말이 맞아요."

명림이 운설 편을 들고 나섰다.

"왜 그런지 아세요?"

"왜 그런데?"

명림이 화운룡을 쳐다보며 물었다.

"주군께선 제가 몇 살쯤으로 보이세요?"

"이십이삼 세 정도?"

"왜 그렇다고 생각하세요?"

"원래 너는 어려 보였잖아."

"그게 아니에요."

명림은 손가락 하나를 세우고 고개를 살랑살랑 가로저었다.

"머리 흔들지 마라."

명림은 입술을 삐죽거렸다.

"제가 어리게 보이는 건 맞지만 이 정도까진 아니었어요. 그 이유는 생사현관이 타통되었기 때문이에요."

운설은 '잘한다!'라는 표정을 지었지만 아무 말도 하지 않고 지켜보기만 했다.

"주군께선 어째서 운설은 생사현관 타통을 해주지 않으시는 건가요? 하다 못해서 새로 용신이 된 연림과 그녀의 동생 연오까지 생사현관을 타통해 주셨잖아요. 그런데 측근 중에서도 측근인 운설은 왜 아직까지도 생사현관을 타통해 주지 않으시는 거냐고요."

"음, 그 이유는 말이다."

화운룡은 두 여자의 어깨에서 팔을 내리고 매우 진지한 표정을 지었다.

운설은 불안한 표정으로 조심스럽게 물었다.

"이유가 뭔가요?"

화운룡은 더욱 진지한 표정으로 말했다.

"설아 너 약 올리려고 그랬어."

"……"

운설과 명림은 얼굴 가득 어이없는 표정을 떠올렸다. 설마 그런 말도 안 되는 이유, 아니, 장난을 치려고 화운룡이 운설의 생사현관을 타통해 주지 않았을 것이라곤 꿈에도 상상하지 못했다.

"그랬었군요."

운설이 쓸쓸한 표정으로 중얼거렸다.

화운룡은 운설이 불같이 화를 내며 펄펄 뛸 줄 알았는데 예상 밖이다.

운설이 더욱 쓸쓸한 얼굴로 말했다.

"그렇다면 저도 주군을 좀 약 올려야겠어요."

화운룡은 뭔가 심상치 않은 느낌을 받았다.

"설아, 너……."

순간 운설은 번개같이 화운룡의 마혈과 아혈을 동시에 제압해 버렸다.

파파파팟!

"윽……."

화운룡이 놀라는 표정으로 뻣뻣해져서 뒤로 쓰러지려는 것을 운설이 가볍게 안았다.

명림은 깜짝 놀라서 어쩔 줄 몰랐다.

"운설아, 너 어쩌려고 그래?"

운설은 싸늘한 표정으로 대답했다.

"오늘 내 소원 풀 거예요, 언니."

"너……"

명림은 운설의 소원이 무엇인지 알 것만 같았다.

운설은 두 팔로 화운룡을 덥석 안고는 단호한 표정으로 명림에게 말했다.

"만약 나를 말린다면 그 순간부터 나하고 언니는 원수지간이 되는 거예요."

명림이 당황해서 쳐다보자 화운룡은 눈을 한껏 부릅뜨고 눈동자를 이리저리 굴리는데 그것은 길게 생각하지 않아도 명림에게 운설을 제압하거나 말리라는 무언의 명령을 내리는 것이 분명했다.

명림은 그 명령이 무엇인지 짐작하지만 운설이 위협을 했기에 이러지도 저러지도 못하고 서 있었다. 지금 운설을 말리면 더 큰일이 벌어질 것만 같았다.

운설은 화운룡을 안고 빠른 걸음으로 선실로 향하면서 품속의 화운룡을 굽어보며 회심의 미소를 지었다.

"이건 당신이 자초한 일이에요."

화운룡 일행이 탄 운류선은 동태하 하류를 빠져나와 동해에서 남하하여 장강과 전당강 하류를 지나 보름여 만에 절강

성의 황암현(黃巖縣)이라는 곳에 이르렀다.

황암현은 괄창산 동쪽 바닷가에 있으며 화운룡은 한동안 생각한 끝에 그곳 황암 포구에 운류선을 놔두고 걸어서 괄창산에 오르기로 했다.

화운룡과 운설, 명림은 입고 있던 옷을 벗고 사냥꾼들이 입는 엽복(獵服)으로 갈아입었다.

신분을 위장하기 위해서이고 아무래도 산중에서는 엽복이 활동하기가 편하기 때문이다.

그리고 산중에서 먹을 건량 따위를 챙겨서 바랑에 넣고 세 사람이 등에 멨다.

예전에 화운룡이 솔천사를 발견했을 때에는 이쪽이 아닌 괄창산 반대편 서쪽에서 진입했다.

그 당시에 그는 솔천사가 누군지도 몰랐으며 그의 유체를 발견하여 제자가 될 것이라고는 꿈에도 예상하지 못했다.

그 당시에 화운룡은 우연한 기회에 적사검법(赤射劍法)이라는 검법서 한 권을 손에 넣었었다.

철모르던 시절이라 당시에는 그것이 희대의 검법이라는 생각에 어느 누구의 방해도 받지 않고 연마하려고 무작정 괄창산 깊은 곳으로 들어갔었던 것이다.

굳이 괄창산을 선택한 뚜렷한 이유는 없었다. 그가 적사검법을 손에 넣은 곳이 항주 인근이었으며 그곳에서 괄창산이 가장 가깝고 산세가 험준하다는 것이 이유라면 이유였다.

그런데 나중에 알고 보니까 적사검법이 썩 괜찮은 검법이긴 하지만 솔천사가 남긴 무극사신공에 비하면 태양과 호롱불의 차이였다.

운류선에서 먼저 내려 괄창산 어귀까지 타고 갈 세 필의 말을 구하러 갔던 운설과 명림이 잠시 후에 돌아왔는데 말은 없고 빈손이다.

두 여자가 같이 도착했지만 운설은 슬쩍 옆으로 빠지고 명림이 화운룡에게 보고했다.

"주군, 괄창산 반대편으로 가시려는 거지요?"

화운룡은 고개를 끄떡였다.

"그래. 예전에 나는 대분산(大盆山) 남서쪽에 있는 진운(縉雲)이라는 곳에서 괄창산 서쪽으로 진입했었어."

대분산과 괄창산은 서로 붙어 있다.

운설은 저만치에서 딴청을 부리고 있다.

"저희가 알아본 바에 의하면 이곳 황암현 북쪽에 영강(靈江)이라는 강이 있는데 수심이 깊고 잔잔해서 상류까지 배로 갈 수 있대요. 영강 상류는 수안계(水安溪)라고 하며 진운 근처까지 간답니다."

화운룡은 반색했다.

"그거 잘됐군."

"그럼 배로 가실 거예요?"

"당연하지. 산길보다는 배가 훨씬 편하고 빠를 거야. 림아, 훌륭한 생각을 해냈구나."

명림은 미소 지으며 운설을 가리켰다.

"운설 생각이었어요. 배를 구한 것도 운설이었고요."

혈영단주로서 오랜 세월 동안 천하를 누볐던 운설은 천하 구석구석을 손바닥 보듯이 잘 알고 있다.

그녀의 말이 끝나기도 전에 화운룡은 저만치 휘적휘적 걸어가고 있었다.

명림이 운설에게 궁금한 얼굴로 물었다.

"너 사흘 동안 주군께 무슨 짓을 했던 거였니?"

운설은 아무 말도 하지 않고 먼 곳을 바라보는데 얼굴에 씁쓸함이 가득했다.

"사흘 동안 선실 문을 꼭 닫아놓고 마혈과 아혈이 제압된 주군께 도대체 무슨 짓을 했기에 주군께서 저렇게 단단히 화가 나신 거야?"

여전히 입을 꼭 다물고 있는 운설을 보면서 명림은 문득 그녀가 했던 말이 떠올랐다.

보름 전 화운룡의 마혈과 아혈을 제압하고서 운설은 '오늘 내 소원 풀 거예요'라고 말했다.

명림은 운설의 소원이 무엇일지 곰곰이 생각해 보았다. 화운룡을 죽도록 사랑하는 운설은 미래에 마치 그의 부인처럼 행동했었다.

"너 설마……."

"그만해요."

운설은 듣기 싫다는 듯 쏘는 듯이 말하고는 화운룡이 간 방향으로 뛰어갔다.

뱃사공의 말에 의하면 목적지인 진운까지는 뱃길로 약 백오십여 리이며 강을 거슬러 오르기 때문에 닷새 정도 소요될 것이라고 했다.

뱃사공 두 명이 몰고 있는 아담한 배는 강을 거슬러 오르기 때문에 속도가 사람이 빠르게 걷는 정도지만 첩첩산중을 헤매는 것보다는 훨씬 나았다.

또한 제대로 뒤에서 불어오는 바람을 받으면 배가 나는 듯이 빨라지기도 했다.

쏴아아…….

진운까지 가는 비용으로 은자 오십 냥을 냈더니 뱃사공들의 대접이 황제가 부럽지 않을 정도다.

그래 봐야 좁은 배의 선실에서 화운룡 일행의 잠자리를 봐주는 것과 세 끼 식사, 이따금 술상을 정성껏 차려주는 정도일 뿐이지만 말이다.

지금도 화운룡 일행은 뱃사람이 차려준 술상에 둘러앉아서 호젓하게 술을 마시고 있다.

술상은 폭 일 장가량의 배 앞쪽 갑판에 차려졌으며, 뱃사람들은 뒤쪽에 있는데 한 명은 배를 몰고 다른 한 명은 요리를 하고 있다.

"이거 잉어탕인데 드셔보십시오."

화운룡 등이 구운 오리와 건육으로 술을 마시고 있는데 뱃사람 한 명이 김이 무럭무럭 나는 솥을 들고 와서 내려놓으며 구릿빛 얼굴에 수줍은 미소를 지었다.

"고맙네."

한겨울 쌀쌀한 날씨에 뜨끈한 잉어탕을 안주 삼으니까 술맛이 한층 좋아졌다.

"녹투정수라는 것 말이에요."

명림이 일전에 장하문에게 들었던 얘기를 꺼냈다.

녹투정수라는 것은 화운룡 등이 황산파를 공격했을 때 황산파 문주를 비롯한 간부들 뒤에 서 있던 오십 명의 천외신계 정예고수를 가리키는 것이다.

그 당시에 황산파의 천외신계를 소탕하면서 녹투정수 한 명을 제압했고, 나중에 비룡은월문에 돌아가서 장하문이 그자를 문초하여 몇 가지를 알아냈다.

녹투정수는 천외신계 색정칠위의 최하위 녹성족에서 체격

과 자질이 우수한 자들을 선발하여 십 년 이상 고도로 훈련시킨 정예고수다.

오로지 싸움 즉, 전투만을 시키기 위해서 길러진 자들이 '투정수'인 것이다.

녹성족에서 키워진 정예고수라면 녹투정수이고, 한 계급 위 백성족이면 백투정수, 그 위급 황성족이면 황투정수라고 부르는 식이다.

문초한 녹투정수의 실토에 의하면 천외신계 녹투정수 전체 수가 십만이고 백투정수는 오만, 황투정수가 이만 명이라고 한다.

예전에 녹성고수를 문초해서 얻어낸 천외신계 정보하고는 많이 다르지만 녹투정수의 정보가 더 확실할 것이다.

명림이 잉어 살점과 국물을 한 숟가락 수북이 떠서 화운룡 입에 넣어주었다.

"그렇다면 투정수라는 것이 천외신계의 실질적인 힘 즉, 전투고수(戰鬪高手)인 것 같아요."

화운룡은 숟가락째 덥석 받아먹고는 잉어 살점을 씹으면서 술잔을 들었다.

"그런 건 신경 쓸 거 없다."

그가 술을 마시자 명림이 그의 빈 잔에 술을 따랐다.

"우린 비룡은월문 일대 평화 지역만 지키면 된다."

명림은 고개를 끄떡였다.

"알았어요."

명림도 냉큼 한 잔 마시고 나서 구수한 국물을 한 숟가락 떠서 입에 넣었다.

술의 짜릿함과 국물의 따스함이 뱃속에서 어우러져 흐뭇한 기분이 됐다.

운설은 약간 떨어져 앉아서 안주는 거의 먹지 않고 혼자서 붓고 마시며 자작을 하고 있다.

연거푸 술만 세 병 마신 운설이 마침내 취해서 마음속에 있던 말을 끄집어냈다.

"내가 그렇게 보기 싫어요?"

그녀는 손에 술잔을 쥐고는 화운룡을 바라보면서 착잡한 표정을 지었다.

화운룡은 미간을 좁혔다가 태연하게 말했다.

"그래. 싫다."

명림은 깜짝 놀랐다.

"주군……."

수십 년 동안 화운룡을 최측근에서 모셨지만 그가 운설한테 싫다고 대놓고 말한 적은 한 번도 없었기 때문에 놀란 것이다.

아니, 운설만이 아니라 화운룡은 어느 누구에게도 그런 식으로 말하지 않는 사람이다. 알고 보면 그는 무척이나 다정한 사람이기 때문이다.

운설의 눈이 샐쭉해졌다.

"알았어요. 제가 그렇게 싫으면 떠나야겠군요."

"마음대로 해라."

명림은 두 사람의 대화가 극단으로 치닫자 크게 놀라고 당황해서 어쩔 줄을 몰랐다.

그녀의 기억으로는 명림이 화운룡 곁을 떠나겠다고 말한 적이 한 번도 없었으며, 화운룡이 지금처럼 말한 적도 결단코 없었다.

명림은 자신이 어떻게든 중재를 해야겠다고 마음먹었다.

"왜 그러세요, 두 분?"

그녀는 냉랭한 표정을 짓고 있는 화운룡과 서운해서 금방이라도 눈물을 뚝뚝 흘릴 것 같은 운설을 번갈아 쳐다보면서 조심스럽게 물었다.

"도대체 무엇 때문에 그러는 거예요?"

화운룡이 술 한 잔을 입속에 쏟아붓고는 어이없다는 표정으로 중얼거렸다.

"림아, 너 같으면 사흘 동안 꼼짝도 못하게 제압해 놓고서 그 앞에서 온갖 되지도 않은 애교와 갖은 교태를 부리는 여자를 용서할 수 있겠느냐?"

"그, 그걸 언니 앞에서 말하면 어떻게 해요?"

운설이 다급하게 손을 뻗어 화운룡의 입을 막으려고 했지만 그가 살짝 피했다.

"림아, 네가 상상할 수 있는 최대치보다 백 배 심한 짓을 설아가 내게 했다."

명림은 눈을 크게 떴다.

"설마… 부부지연을?"

화운룡과 운설이 동시에 외쳤다.

"그건 아니다."

"언니! 너무 비약했어!"

명림은 안도의 표정을 지었다.

"그렇다면 다행이고……."

화운룡이 숟가락으로 잉어탕을 휘젓는데 분노의 휘저음이 분명하다.

"그거만 빼놓고 다 했다."

"맙소사……."

운설이 작게 항변했다.

"나는… 미래에 주군의 부인이었어."

명림이 정정해 주었다.

"부인 행세를 했었던 거야."

운설은 풀이 죽었다.

"그게 그거지 뭐."

"그게 그거가 아니라 완전히 다른 것이다."

화운룡이 딱 부러지게 말하는 것을 보고 운설은 기어코 눈물을 흘렸다.

"그럼 예전 같은 그런 사랑을 주군께 받을 수 없는 건가요?"

화운룡은 냉정하게 말했다.

"나는 혼인한 몸이다."

"그렇지만 영웅은 삼처사첩도 거느리잖아요?"

"나는 영웅이 아니고 그럴 생각도 없다."

"당신이 영웅이 아니라면 천하에 도대체 어떤 작자가 영웅인 건가요?"

화운룡이 딱 잘랐다.

"아무튼 나는 삼처사첩 같은 것은 절대로 하지 않는다."

그의 말에 운설만이 아니고 명림까지도 차가운 삭풍이 가슴을 뚫고 관통하는 느낌을 받았다.

第十一章
솔천사

이번에는 명림이 차분한 표정을 유지하려고 애쓰면서 화운룡을 바라보며 물었다.

"주군, 솔직하게 말씀해주세요. 저희를 사랑하시나요?"

명림도 운설도 숨을 멈추고 눈도 깜빡이지 않으며 화운룡을 빤히 바라보았다.

화운룡은 술잔을 만지작거리면서 잠시 침묵을 지키다가 한참 만에 입을 열었다.

"사랑한다."

그리고 그가 무슨 말을 하려는데 명림이 손을 뻗어 그의 입을 막았다.

"그렇지만 그 사랑은… 읍!"

"그거면 됐어요."

명림은 운설을 쳐다보았다.

"그렇지?"

"네, 언니."

운설이 배시시 웃으며 고개를 끄떡이자 두 눈에 고여 있던 눈물이 후드득 떨어졌다.

그때 뒤쪽에 있던 뱃사공들이 허둥지둥 앞쪽으로 달려오면서 사색이 된 얼굴로 외쳤다.

"소… 손님들……! 흐… 흑랑채(黑狼寨)입니다요……!"

화운룡이 느긋하게 물었다.

"그게 뭔가?"

"이곳 영강 일대를 주름잡고 있는 수적입죠… 그들이 나타났습니다요……."

"흑랑채는 잔인하기 이를 데 없어서 조금만 마음에 들지 않으면 다짜고짜 마구 살인을 합니다요……."

뱃사공들은 부들부들 떨면서 말하느라 말도 알아듣기 어려울 정도로 심하게 떨렸다.

"일단 갖고 계신 돈과 귀중품들을 깊숙이 감추시고 그들에게 내줄 약간의 돈만 지니고 계십시오. 한 푼도 없다면 가차

없이 죽일 겁니다."

운설이 차갑게 말했다.

"그놈들 어디 있느냐?"

"저… 저기 뒤쪽에 바짝 따라붙었습니다요."

운설이 화운룡을 보며 물었다.

"가도 되죠?"

화운룡이 고개를 끄떡이자 운설은 발딱 일어나서 배 뒤쪽으로 걸어갔다.

뒤쪽 갑판에 도착한 운설이 보니까 세 개의 돛을 활짝 펼치고 또 배 양옆에서 십여 개의 노를 부지런히 저으며 바싹 따라붙고 있는 한 척의 검은 배가 보였다.

그 배에는 도검이나 창, 도끼 따위를 쥐고 있는 흉흉한 모습의 사내 이십여 명이 탄 채 이쪽을 쳐다보고 있었다.

운설의 입술이 비틀어지며 싸늘한 미소가 매달렸다.

"기분도 꿀꿀한데 네놈들한테 풀어야겠다."

탓!

운설은 발끝으로 가볍게 바닥을 박차고 긴 포물선을 그리면서 오 장 후미에서 따라오고 있는 흑랑채 수적선을 향해 멋들어지게 날아갔다.

두 명의 뱃사공은 그 광경을 보면서 턱 떨어진 개처럼 감탄을 터뜨렸다.

"오오… 하늘을 날고 있어……."

화운룡은 뱃사공들의 말을 듣고 흑랑채라는 수적이 이 강줄기 유역을 공포에 떨게 만드는 암적 존재라고 판단했다.

그래서 운설이 흑랑채의 수적선을 몰살시키려고 하는 것을 말리지 않았다.

비록 흑랑채 전체를 발본색원하지는 못할지언정 저 수적선에 타고 있는 놈들을 죽임으로써 장차 선량한 많은 사람들의 목숨을 구하게 되는 것이다.

두 명의 뱃사공은 배 뒤쪽으로 갔다가 기절초풍하는 비명을 질러대고 있다.

"우앗! 저… 저… 흑랑채 수적들을 저분 혼자서……."

"아이고, 맙소사……! 알고 보니 저분이 저승사자였구나……!"

흑랑채 수적선에서 운설 혼자 이리 뛰고 저리 뛰며 검을 휘두르는데, 흑랑채 수적 이십여 명은 단 한 차례 무기를 휘둘러 보지도 못하고 퍽! 퍽! 목이 잘려서 거꾸러졌다.

그러고는 잠시 후에 흑랑채 수적선에 서 있는 사람은 운설 혼자뿐이다.

운설이 훌쩍 신형을 날려 이쪽 배로 날아오자 두 명의 뱃사공은 질겁하며 구석으로 도망쳤다.

탁!

운설은 배 뒤쪽 갑판에 가볍게 내려서 아무 일 없었다는 듯 앞쪽 갑판의 술자리로 걸어갔다.

그녀가 수적선으로 날아갔다가 돌아온 시간은 열 호흡이 채 되지 않았다.

화르르!

그런데 갑자기 수적선에서 불길이 치솟았다.

운설이 수적선에 불을 지른 것이다.

두 명의 뱃사공이 수적선에 불이 점점 크게 번지는 광경을 지켜보면서 으어어! 소리를 내고 있을 때 운설은 술자리에 돌아와서 앉았다.

"술 한 잔 주세요."

그녀는 빈 잔을 화운룡에게 불쑥 내밀었다.

화운룡은 묵묵히 술을 따라주었다.

쪼르르…….

술을 받으면서 운설이 쓸쓸한 얼굴로 말했다.

"저 미워하지 마세요."

명림이 넌지시 한마디 했다.

"주군께서 조금 전에 우리 둘 다 사랑한다고 말씀하셨잖아. 그런데 왜 미워하시겠어?"

운설이 화운룡에게 다시 요구했다.

"저한테 직접 말씀해 보세요."

화운룡은 운설을 쳐다보았다. 그러자 그녀가 자신을 제압해서 꼼짝도 못하게 하고는 별별 짓을 다했던 일이 되살아나서 절로 얼굴이 찌푸려졌다.

그러나 그녀가 슬픈 얼굴로 자신을 바라보고 있는 모습을 보니까 화를 낼 수가 없다.

"이리 와라."

"에헤헤!"

화운룡이 부르자 운설은 앉은 자세로 엉덩이만 움직여서 화운룡 왼쪽에 찰싹 붙었다.

"이제 그러지 마라."

"네."

"나는 너희들이 장차 좋은 남자 만나서……."

"됐거든요."

"그런 거 필요 없어요."

두 여자가 동시에 말했다.

그러고는 명림이 화운룡 오른쪽에 찰싹 붙어서 운설과 함께 그의 양어깨에 머리를 기댔다.

"우린 당신 곁에만 있으면 행복해요."

화운룡은 두 여자가 착하다는 듯 톡톡 두드렸다.

"그래. 말썽 부리지 말고 사이좋게 지내라."

한쪽에서 그 광경을 지켜보는 두 명의 뱃사공은 놀라움과 감탄이 범벅된 표정이다.

선풍도골의 청년 한 명과 선녀처럼 어여쁜 여자 두 명이 그저 유람이나 하는 풍류객인 줄 알았더니 말로만 듣던 무림고수일 것이라고는 상상도 하지 못했다.

그런데 그 아름답기 짝이 없는 여고수와 또 한 명의 천상선녀가 청년의 양쪽에 앉아 어깨에 머리를 기대면서 교태를 부리고 있으니, 저 청년이야말로 우화등선한 신선으로 보였던 것이다.

비룡은월문을 떠난 지 이십이 일이 지났다.

화운룡과 운설, 명림은 부지런히 울창한 산길을 걸어가고 있는 중이다.

짧은 거리를 간다면 경공을 펼쳐서 빨리 가도 되겠지만 지금처럼 탐사를 하듯이 주변을 자세히 살피면서 전진하려면 천천히 걷는 방법뿐이다.

운설이 앞서고 그 뒤에 화운룡, 그리고 맨 뒤에 명림이 다섯 걸음 간격으로 전진했다.

"설아, 왼쪽 저기 보이는 능선인 것 같다."

뒤따르는 화운룡이 기억을 되짚어서 말해주면 운설이 앞장서서 길을 텄다.

험준한 괄창산에서도 깊숙한 지역인 이곳은 약초꾼이나 사냥꾼조차도 다니지 않는 첩첩산중이라서 오솔길 같은 것이 있을 턱이 없다.

장강 남쪽의 산들이 대부분 그렇듯이 이곳 역시 하늘이 보이지 않을 정도로 원시림이 우거졌으며 키를 넘는 풀과 넝쿨이 지천에 깔려 있어서 전진이 무척이나 더뎠다.

화운룡 등이 능선을 넘자 야트막한 계곡과 그 아래를 흐르는 맑은 계류가 나타났다.

아직 저녁이 되지도 않았는데 숲속은 벌써 어두컴컴해지기 시작했다.

산중의 밤은 일찍 찾아오고 해가 지고 나면 코끝조차 보이지 않을 정도로 암흑세상이기 때문에 지금쯤 노숙할 마땅한 장소를 찾아야 한다.

괄창산에서의 두 번째 노숙이다.

"저기가 좋겠군요."

운설이 계류 가의 큼직한 바위들이 모여 있는 곳을 가리키며 화운룡을 돌아보았다.

"그리 가자."

화운룡이 바닥에 앉아서 쉬는 동안 운설은 잠자리를 준비하고 명림은 식사 준비를 했다.

화운룡은 납작한 바위에 앉아서 입고 있는 엽복 상의를 벗고 차가운 계류의 물로 세수를 했다.

운설은 커다란 바위 몇 개가 모여 있는 안쪽 바위 위에 나뭇가지로 지붕을 만들어서 그 위에 기름을 먹인 얇은 천을 덮어 단단히 고정시켜서 이슬이 내리는 것을 막고, 바닥에는 풀을 뜯어 와서 수북하게 깐 후에 지니고 다니는 얇은 홑이불을 깔아두었다.

"불을 피울까요?"

식사 준비를 하던 명림이 묻자 화운룡이 고개를 저었다.

"그냥 먹자."

"네."

그의 기억으로는 사부 솔천사의 유체를 발견한 동굴이 이곳에서 삼십여 리 정도 남았는데 될 수 있는 한 조심하는 것이 좋을 듯했다.

생각 같아서는 오늘 밤중에 삼십여 리를 더 가서 솔천사의 유해가 있던 동굴에 도착하고 싶지만 이런 울창한 밀림에서 그곳을 정확하게 찾아갈 자신이 없다.

화운룡이 이곳에 왔던 것은 무려 육십여 년 전의 일이다. 그가 아무리 기억력이 뛰어나다고 해도 뚜렷한 이정표나 길도 없는 밀림 속에서 육십여 년 전의 장소를 찾아내는 일은 말처럼 쉽지가 않다.

화운룡 등은 운설이 마련한 잠자리에서 곤한 잠에 빠졌다.

상황이 노숙이다 보니까 세 사람은 좁은 잠자리에서 서로 꼭 부둥켜안고 자는 중이다.

화운룡 혼자 누워도 넉넉하지 않은 잠자리에 운설과 명림이 양쪽에 누워서 그를 꼭 안은 자세다.

산속을 헤매느라 몹시 피곤했는지 화운룡은 누가 업어 가도 모를 정도로 깊이 잠들어서 나직하게 코를 골았다.

그때 명림의 귀가 쫑긋거리며 미세하게 움직였다.

그녀는 자고 있는 중에 어떤 소리를 감지하고 잠이 깼으며 눈을 감은 채 그것이 무슨 소리인지 분석했다.

그것은 작은 나뭇가지가 부러지는 소리였다. 그리고 뒤를 이어 사람이 경공을 전개하면서 나는 미약한 파공음이 전해져왔다.

만약 경공을 하면서 내는 파공음뿐이었다면 명림이 감지하지 못했을 정도로 미약했다.

나뭇가지 부러지는 소리를 들었기에 잠이 깼고 그래서 파공음을 감지한 것이다.

명림은 손을 들어 가만히 화운룡의 입과 코를 막아 코고는 소리가 나지 않도록 했다.

화운룡이 번쩍 눈을 떴지만 본능적으로 움직이지 않고 눈동자만을 굴려서 주변을 확인했다.

명림이 재빨리 그에게 전음을 보냈다.

[주군, 조용하세요. 지금 오 리 밖에서 누군가 경공을 전개하고 있어요.]

명림은 운설을 가볍게 흔들어 깨우고 그녀에게도 같은 내용의 전음을 보냈다.

세 사람은 조용히 일어나서 앉았다.

화운룡은 공력을 끌어 올려 청력을 극대화시켰지만 아무 소리도 감지하지 못했다.

하긴 무려 이백사십 년 공력인 명림이 감지한 오 리 밖의 파공음을 겨우 육십 년 공력의 화운룡이 감지할 수 있을 리가 없다.

그러나 백오십 년 공력의 운설은 희미한 파공음을 감지했다. 명림처럼 또렷하지 않지만 그 파공음이 점점 가깝게 들린다는 사실까지 알아냈다.

[가까워지고 있어요.]

[두 명이에요.]

명림의 말에 화운룡과 운설은 흠칫했다.

'두 명?'

귀를 기울이고 있는 명림이 다시 전음을 이었다.

[파공음으로 미루어 절정고수예요. 최소한 이 갑자 이상의

공력일 거예요.]

이런 깊은 산중에서, 그것도 한밤중에 절정고수 두 명이 경공을 전개하고 있다는 사실은 흔한 일이 아니다.

화운룡이 명림에게 물었다.

[우리 쪽으로 오고 있어?]

[정확하게 우리가 있는 곳은 아니고 가깝게 스쳐 지나가려는 것 같아요.]

명림이 화운룡의 의견을 물었다.

[어떻게 할까요?]

화운룡의 머리가 비상하게 돌아갔다.

삼십여 리 거리에 솔천사가 있을지도 모르는 장소가 있는데 그런 가까운 곳에 두 명의 절정고수가 출현했다는 것은 우연이라고는 보기가 어렵다.

그러나 솔천사가 천외신계 십존왕에게 합공을 당하지 않았다면 그가 이곳에 있을 리가 없다.

또한 솔천사가 죽은 것은 무려 삼십여 년 전의 일이다.

그러므로 만에 하나 솔천사가 십존왕의 합공에 중상을 입고 도주하다가 괄창산 어디에선가 죽었다고 하더라도, 삼십여 년 전의 일과 지금 두 명의 절정고수가 나타난 것이 전혀 무관한 일일 수도 있다.

화운룡은 명림에게 지시했다.

[림아가 추격해라.]

명림 얼굴에 긴장이 물들었다.

[네.]

[우리가 전진하면서 흔적을 남길 테니까 별일이 아니면 팔창산을 벗어나지 않는 곳에서 돌아오고, 중요한 일이라면 황암현에서 만나자.]

명림의 얼굴에 염려가 떠올랐다.

[조심하세요.]

그녀는 재빨리 손을 내밀어 화운룡의 뺨을 한 번 쓰다듬고는 그 자리에서 연기처럼 사라졌다.

화운룡은 명림의 기척을 좇으려고 했으나 뜻을 이루지 못했다. 그가 명림의 기척을 감지하려고 시도하는 자체가 어불성설이다.

화운룡은 여전히 두 명의 절정고수가 내는 파공음을 감지하지 못하고 있어서 운설에게 전음했다.

[상황을 얘기해 다오.]

운설은 눈을 깜빡이지 않고 청력을 곤두세운 상태에서 상황을 설명했다.

[두 명이 이곳에서 사백 장 동북쪽으로 방금 전에 지나갔어요.]

그 뒤를 명림이 미행할 것이다.

[역시 절정고수인가?]

[최소 백오십 년 수준인 것 같아요.]

아까 명림은 두 명의 절정고수가 백이십 년 수준이라고 추측했는데 운설은 백오십 년이라고 했다.

명림은 오 리 밖에 있는 자들을 감지했고 운설은 사백 장 거리이므로 운설이 더 정확할 것이다.

그로부터 일다경(一茶頃: 차 한 잔 마실 시각)쯤 지났을 때 화운룡이 일어섰다.

[가자.]

*　　　*　　　*

화운룡이 기억을 더듬어서 겨우 찾아온 곳은 괄창산의 어느 이름 없는 봉우리 중턱에 있었다.

둘레가 사십여 리는 됨 직한 매우 거대한 봉우리는 온통 기암괴석과 중간에 돌출된 소나무들로 인해서 선계의 경치를 자아내고 있었다.

봉우리 높이는 이백 척에 달했으며 아래로부터 육십 척쯤에 집채만 한 십여 개의 바위들이 모여 있는 암석군 은밀한 위치에 동굴 입구가 있었다.

"제가 앞장설게요."

"아니다. 여긴 내가 더 잘 안다."

화운룡은 운설을 제치고 안으로 서슴없이 들어섰다.

하나의 커다란 바위 뒤쪽 암벽 사이에 좁은 틈이 있는데 밖에서 일 장 안쪽에 막다른 곳이 보이기 때문에, 안으로 깊숙이 들어가 보지 않는 이상 그곳에 동굴이 있을 것이라는 상상을 하기가 어렵다.

막다른 곳이라고 생각한 그곳을 꺾어 들어가면 한 사람이 걸어서 들어갈 정도의 긴 암로가 때로는 위로, 그리고 아래로 구불구불하게 이어져 있다.

화운룡과 운설은 동굴 입구에 들어선 지 이각 후에 봉우리의 바닥보다도 더 깊은 아래쪽 어느 장소에 당도했다.

사부 솔천사가 있을 것이라고 기대하지는 않았지만 최종 목적지에 도착한 지금 그곳에 아무도 없음을 확인한 화운룡은 조금 허망한 기분이 들었다.

"사부님께서 아직 살아 계시다는 뜻이잖아요."

그런 화운룡을 운설이 일깨워 주었다.

"똑똑하구나."

"헤헤, 칭찬 고마워요."

운설은 화운룡 앞에서만 어린아이처럼 군다.

"올라가자."

"제가 업을까요?"

내려올 때 길이 무척 험하고 또 칠흑처럼 캄캄해서 화운룡이 애를 먹었다.

"됐다."

운설이 앞서려는 화운룡의 팔을 잡았다.

"운룡, 고집도 부릴 때 부려야지."

운설은 때로는 단둘이 있을 때 화운룡에게 하대를 했었는데 그는 그걸 애교로 봐줬다.

화운룡이 슬쩍 미간을 좁혔다.

"말 안 들으면 또 제압할 거냐?"

운설이 음흉하게 웃으며 가깝게 접근했다.

"여기 딱 좋은 장소인데 한 번 또 해볼까?"

"해봐라."

화운룡이 태연하게 맞받아치자 운설이 얼굴을 가까이 대고는 배시시 웃었다.

"농담이에요."

그녀가 등을 내밀었다.

"업혀요."

화운룡을 업은 운설이 나는 듯이 때로는 좁고 때로는 넓어지는 길고 긴 암로를 중간쯤 올랐을 때, 갑자기 위에서 조용한 목소리가 들렸다.

"주군."

명림 목소리다.

화운룡과 운설이 명림과 헤어진 곳에서 이곳까지 삼십여 리를 오는 데 한나절이 걸렸는데 명림은 두 명의 절정고수를 미행하고서도 여기까지 찾아왔다.

명림 정도의 고수라면 화운룡과 운설이 동굴 아래쪽에서 올라오고 있는 기척을 충분히 감지했을 것이다.

"여기야, 명림 언니."

운설이 반갑게 대답하고는 한층 속도를 내서 쏘아 올라갔다.

명림의 목소리는 지척에서 들린 것 같았는데 양쪽은 그로부터 거의 반각이 다 돼서야 만났다.

위에서 빠르게 쏘아 내려오던 명림이 화운룡과 운설을 발견하고는 그 자리에 멈췄다.

"주군, 일이 생겼어요."

그런데 명림은 혼자가 아니라 누군가를 안고 있다.

그녀는 근처 평평한 곳 바닥에 그 사람을 조심스럽게 내려놓으며 말했다.

"이 사람을 보세요."

칠흑 같은 암흑 속이지만 일 갑자 공력을 지닌 화운룡은 대낮처럼은 아니더라도 웬만큼 사물을 분간할 수 있는 시력을 발휘할 수 있다.

업혀 있던 운설에게서 내린 화운룡은 명림이 미행하던 절정고수 중에 한 명을 제압해서 데리고 왔을 것이라고 짐작하며 누워 있는 사람에게 가까이 다가갔다.

그 사람은 얇은 갈의 장삼을 입었으며 머리에 눈을 이고 있는 것처럼 새하얀 백발에 갈대꽃처럼 희고 탐스러운 수염을 기른 노인이었다.

눈을 지그시 감고 있는 노인의 용모는 선풍도골의 신선이 있다면 바로 이런 모습일 것이라고 대변하는 듯했다.

노인에게 얼굴을 가까이 대고 살피던 화운룡은 한순간 움찔 몸을 떨었다.

"사부님……."

그의 중얼거림에 명림은 설마 했던 마음이 들어맞았다는 표정이고 운설은 소스라치게 놀랐다.

화운룡은 심장을 힘껏 쥐어짜는 듯한 느낌이 들었다. 그런 느낌은 그가 팔십사 세까지 살면서 손가락을 꼽을 만큼 드문 일이었다.

정확하게 육십사 년 전에, 화운룡은 바로 이 동굴에서 이미 죽은 지 삼십여 년이 지난 솔천사의 유체를 발견했다.

그 당시 솔천사는 마지막 남은 공력으로 자신의 유체를 보존하는 수법을 사용했었기에 삼십여 년이 지난 후에도 화운룡이 그의 원래 모습을 볼 수 있었다.

그런데 지금 화운룡이 보고 있는 사람은 의심의 여지없이 사부 솔천사가 분명하다. 화운룡이 사부의 모습을 잊었을 리가 없다.

마치 육십사 년 전 과거로 돌아와서 사부의 유체를 대하고 있는 것 같은 착각마저 들었다.

얼마나 큰 충격을 받았는지 화운룡은 이것이 꿈인지 생시인지 실감이 나지 않았다.

그는 솔천사에게서 시선을 떼지 않은 채 물었다.

"돌아가셨느냐?"

"제가 구했을 때까지는 살아 계셨어요."

화운룡은 자신이 직접 확인해도 되는데 명림에게 물은 것을 뒤늦게 깨닫고 급히 솔천사의 맥을 짚었다.

화운룡은 간절한 심정으로 미간을 좁히고 한참이나 솔천사의 맥을 짚은 후에야 복잡한 표정으로 손을 놓았다.

화타를 능가할 정도의 개세적인 의술을 지닌 화운룡이 진맥한 결과 솔천사는 도저히 회생이 불가능한 엄중한 중상을 입은 상태다.

화운룡은 다시 솔천사에게 다가들어 이번에는 좀 더 세밀하게 그의 상태를 살폈다.

화운룡은 일단 솔천사를 데리고 동굴을 벗어났다.

솔천사를 이 지경으로 만든 자가 혹시 추적이라도 한다면 그곳에 들이닥칠 수 있기 때문이다.

솔천사는 필경 자신의 목숨이 다했음을 직감하고 동굴 깊숙한 곳에, 언젠가 찾아올 얼굴도 모르는 제자를 위해서 안배를 해놓으려고 그곳에 찾아들었을 것이다.

누군지, 그리고 언제 올지 모르는 제자를 위해서 죽어가면서까지 안배를 해야 하는 솔천사의 착잡한 심정은 아무도 헤아리지 못할 것이다.

또한 괄창산 깊은 이곳에 누군가 제 발로 찾아올 확률은 억만분지 일보다 더 희박할 것이다.

그런데 육십사 년 전에 화운룡이 솔천사를 만났으니까 그것은 인간의 인연이 아니라 하늘이, 그리고 운명이 안배한 인연이라고 해야 맞는 말이다.

"그들은 최소한 다섯 명 이상이었어요."

화운룡이 솔천사를 데리고 진운으로 가고 있는 중에 명림은 당시 상황을 설명했다.

명림은 아까 두 명의 절정고수를 미행하다가 그들이 다른 동료들과 연락을 취하거나 대화를 나누는 것을 엿듣고 그런 추측을 했다.

"그들은 사부님을 협공한 것이 분명해요. 그들은 중상을 입고 도주하는 사부님을 추격하는 중이었으며 사부님이 계신 곳에 그들이 도착하기 직전에 제가 가로챘어요."

"잘했다."

솔천사는 운설이 안았고 화운룡이 뒤따르고 있으며 명림이 주변을 경계했다.

이들은 왔던 방향이 아닌 남서쪽으로 크게 우회하고 있는 중이다. 솔천사를 협공한 자들을 피하려는 것이다.

그들이 누군지 궁금하고 또 그들을 잡아서 솔천사의 복수를 하고 싶은 마음이 굴뚝같지만 화운룡이 솔천사를 데리고 있는 상황에서는 위험한 일은 피하는 것이 상책이다.

화운룡은 솔천사의 상처가 더 이상 악화되지 않도록 손을 썼으며, 원기를 북돋우는 수법을 전개했기 때문에 최소한 그 상태로 며칠은 견딜 수 있을 것이라고 내다보았다.

"천외신계 놈들이었느냐?"

"확실하게는 모르겠어요. 하지만 그자들 아니면 누가 사부님을 이렇게 했겠어요?"

명림의 말이 맞다. 오직 천외신계만이 제칠대 사신천제인 솔천사를 이 지경으로 만들려고 할 것이다.

"네 말이 맞다."

그때 앞서가던 명림이 멈칫했다.

[상당히 많은 자들이 우리가 가고 있는 방향에서 몰려오고 있어요.]

그녀는 완전히 멈추고 약간 초조한 얼굴로 화운룡을 뒤돌아보며 전음을 이었다.

[수십 명이에요. 절정고수 수준은 아니지만 녹투정수보다 두 배 이상 고강한 것 같아요.]

그렇다면 솔천사를 협공한 자들의 수하들일 것이다. 그리고 녹투정수보다 두 배 이상 고강하다면 최소한 녹투정수 두 단계 위인 황투정수든지 아니면 그 위일 수도 있다.

[방향은?]

[서쪽과 남쪽에서 접근하고 있어요.]

명림과 운설이 화운룡을 바라보면서 표정으로 어떻게 할 것인지를 물었다.

현재 진운으로 가기 위해서 크게 남서쪽으로 우회하고 있어 똑바로 가는 것보다 절반 정도 더 시간이 걸리는 상황인데, 이 시점에서 저들을 피할 방향은 북쪽과 동쪽뿐이다.

북쪽은 화운룡 등이 여태까지 왔던 방향이고 동쪽은 목적지인 진운하고는 완전히 반대 방향이다.

북쪽으로 가는 것은 호랑이 아가리 속으로 뛰어드는 격이고 동쪽으로 가는 것은 목적지인 진운에서 점점 멀어지게 된다.

지금 남쪽과 서쪽에서 접근하고 있는 수십 명이 녹투정수보다 두 배 이상 고강하다고 해도 화운룡이 솔천사를 안고 명림과 운설이 뚫으려고 하면 못 뚫을 것도 없다.

하지만 그 후에 벌어질 상황을 예측하기가 어렵다. 명림이 아직 감지하지 못한 더 많은 적들이 그 뒤쪽에서 몰려올 수도 있는 것이다.

그리고 무엇보다도 우려해야 할 일인 화운룡 등의 존재가 드러나게 된다는 사실이다.

적들은 현재까지 솔천사 한 명만 추적하고 있는 상황이다. 그런데 화운룡 등이 적들과 부딪치게 되면 제삼자가 솔천사를 구해서 도주하고 있다는 사실이 드러나게 되고, 적들은 거기에 대한 대책을 세우게 될 터이다.

그 대책이 무엇일지는 모르지만 현재 상황보다 훨씬 더 나쁠 것이 분명하다.

[동쪽으로 가자.]

화운룡이 동쪽으로 돌아서자 명림과 운설이 방향을 틀어 달려 나갔다.

화운룡 등이 괄창산에 들어온 지 사흘째 밤을 맞이했다.

세 사람은 쉬지 않고 동쪽으로 가고 있는 중이다.

화운룡은 원래 동쪽으로 어느 정도 가다가 방향을 틀어서 적들을 우회하여 남쪽으로 가다 또다시 서쪽으로 방향을 바꾸면 크게 돌더라도 진운에 갈 수 있다는 계획을 세웠다.

그래서 동쪽으로 충분히 갔다고 생각하여 남쪽으로 방향을 틀었는데 십여 리도 가기 전에 남쪽에서 접근하는 적들을 발견한 것이다.

이번에는 방심하고 있다가 적들의 지척까지 이르러서야 그들을 발견하고 크게 놀랐다.

앞섰던 명림이 불과 이십여 장 거리에서 적들을 발견했는데 그들은 남의 장삼을 입고 있었다.

천외신계가 남의를 입고 있다면 남성족(藍星族)이며 남투정수일 가능성이 높다.

남투정수는 녹투정수보다 세 단계나 높으며 그들의 무위가 어느 정도일지는 현재로써 짐작하기가 어렵다.

명림은 최소 이십 명 이상의 남투정수들이 코앞에서 접근하고 있는 것을 발견하고 기절할 정도로 놀라서 다급히 몸을 돌려 불과 십여 장 뒤에서 따르고 있는 화운룡과 운설에게 전음으로 위험 사실을 알렸다.

그런 일촉즉발의 과정을 거쳤기 때문에 화운룡은 아예 동쪽으로 방향을 잡아 괄창산을 횡단하기로 작정한 것이다.

중간에 솔천사가 아주 잠깐 정신을 차렸다.

캄캄한 숲속에서 화운룡은 잠시 걸음을 멈추고 솔천사를

편안하게 나무에 기대어주었다.

"누군가……?"

솔천사는 눈을 뜨려고 애쓰면서 기어 들어가는 목소리로 겨우 물었다.

앞에 바싹 다가앉은 화운룡이 그의 손을 꼭 잡고 감회 어린 얼굴로 말했다.

"말씀하기 힘드실 텐데 듣기만 하십시오."

화운룡은 지금 당장 숨이 끊어진다고 해도 하나도 이상하지 않을 정도로 심각한 상태인 솔천사가 힘겹게 말을 하다가 잘못될까 봐 두려웠다.

화운룡의 말을 알아들었는지 솔천사는 반쯤 뜬 눈으로 잠자코 그를 바라보았다.

"저는 미래에서 왔습니다. 지금으로부터 육십사 년 전에 저는 이곳 괄창산 비로봉(毗盧峯) 암굴에서 사부님의 유체를 발견하고 사도지연을 맺었습니다."

화운룡은 솔천사가 놀라거나 어이없는 표정을 지을 것이라고 예상하여 그것에 대해서 설명할 말도 준비했다.

그런데 솔천사가 빙그레 미소를 지었다. 그러고는 자애로운 목소리로 말했다.

"용(龍)이로구나."

화운룡은 깜짝 놀랐다.

"저… 를 아십니까?"

솔천사의 미소가 조금 더 짙어졌다.

"적사검법을 너한테 보낸 사람이 노부였다."

"아……."

"그리고 너를 괄창산 비로봉으로 보내라고 손창(孫彰)에게 얘기해 두었지."

화운룡은 후드득 몸을 떨었다.

"아아… 그러셨군요……."

솔천사가 손을 뻗으며 미소를 지었다.

"허허… 용아, 너를 보게 되다니……."

화운룡은 그의 가슴에 얼굴을 묻었다.

"사부님……."

그의 눈에서 뜨거운 눈물이 흘러나왔다.

『와룡봉추』 10권에 계속…